U0057031

瑞蘭國際

瑞蘭國際

瑞蘭國際

瑞蘭國際

| 信不信由你 |

一週學好
日語助詞！

■こんどうともこ 著 ■元氣日語編輯小組 審訂

DAY 1 DAY 2 DAY 3 DAY 4 DAY 5 DAY 6 DAY 7

作者序

「助詞」はやっぱり大事！

「助詞って、ほんとうに重要？」、「助詞がなくても会話できるよね」、「『は』と『が』はどこがちがうの？」そんな助詞に関する質問を受けることがあります。実際、助詞が抜けていても会話は成り立ちます。「おなか、空いた。わたし、あなた、ごはん、食べる」こんなふうに単語を並べただけでも、話者の思いは伝わります。でも、助詞が抜けたばかりに、意味が変化して伝わってしまうこともあるのです。

仕事のことでうつ状態に陥っていた友人からのLINEメッセージでのことです。上司にいじめを受けたという内容がいくつか続いた後、「首、つった」の一言。その文字を見て、わたしはとっさに電話をかけていました。いつまでたっても出ないので、心配すること数分。しばらくして彼女のほうから電話がかかってきました。「ごめ～ん。首がつって痛くて」。彼女の打ったメッセージには助詞が抜けていたので、わたしは勝手に「を」を入れてしまったのです。「首『を』つった」と「首『が』つった」では大きなちがいです（笑）。

本書には、中国語での解説はもちろんのこと、日本語の助詞に相当する中国語も提示し、実用的で分かりやすい例文をふんだんに盛り込みました。今まで曖昧に理解していた助詞の知識を整理し、自信をもって使えるようになります。

また、MP3が附属されていますので、何度も耳にし、声に出して言ってみましょう。くり返し発音することで、日本人と同じように自然と正しい助詞が出てくることを目指します。

最後に、本書は日本語文法の研究が目的ではないので、物足りなさを感じる方もいらっしゃるかもしれません。また、至らない点もあるかと思います。お気づきの点について、お使いになった方々からのご批判をいただければ幸いです。

2018年3月　台北の自宅にて

こんどうともこ

作者序

「助詞」果然很重要！

「助詞這個東西，真的重要嗎？」、「沒有助詞也可以溝通吧！」、「『は』與『が』到底哪裡不同？」我有時候會被問到這些與助詞有關的問題。實際上，少了助詞也能夠溝通。像是「肚子，餓了。我，你，飯，吃。」即使只是這樣把單字列出來，也能傳達說話者想表達的意思。但是有時也會因為少了助詞的關係，而傳達成不同的意思。

這是因工作而陷入憂鬱狀態的朋友傳來的 LINE 訊息。在她連傳幾則受到上司霸凌的內容後，冒出「首、つった」（脖子，上吊了；脖子，抽筋了）一句話。看到那些字，我立刻打電話給她。不知經過了多久她都沒接，所以我擔心了好幾分鐘。過一會兒她打電話來了。「對～不～起。因為脖子抽筋很痛。」就因為她打的訊息裡少了助詞，因此我隨意地把「を」加進去了。「首『を』つった（上吊了）」與「首『が』つった（脖子抽筋了）」大不相同（笑）。

這本書不但有中文解說，也提示日文助詞的相對中文，還運用了大量實用又易懂的例句。整理了你從來沒清楚理解的助詞知識，讓你變得更有自信能夠加以運用。

另外，由於本書附贈 MP3，所以請多聽幾次，試著發出聲音來說說看吧！請藉由反覆的發音，以能像日本人一樣說出自然且正確的助詞為目標。

最後，因本書不以研究日文文法為目的，也許有人會覺得內容不夠充足。此外，也還有不夠周全之處。如果使用本書後發現任何問題，還請不吝賜教。

2018 年 3 月　於台北自宅

こんどうともこ

如何使用本書

跟著 5 大步驟，信不信由你，一週學好日語助詞！

步驟 1：

認識助詞的基本概念

本書在每一天學習的開始，就會簡單說明當天要學習哪些助詞，以及為什麼要學習這幾種助詞，同時也提醒容易誤用、搞混的地方，引導讀者學習的方向。

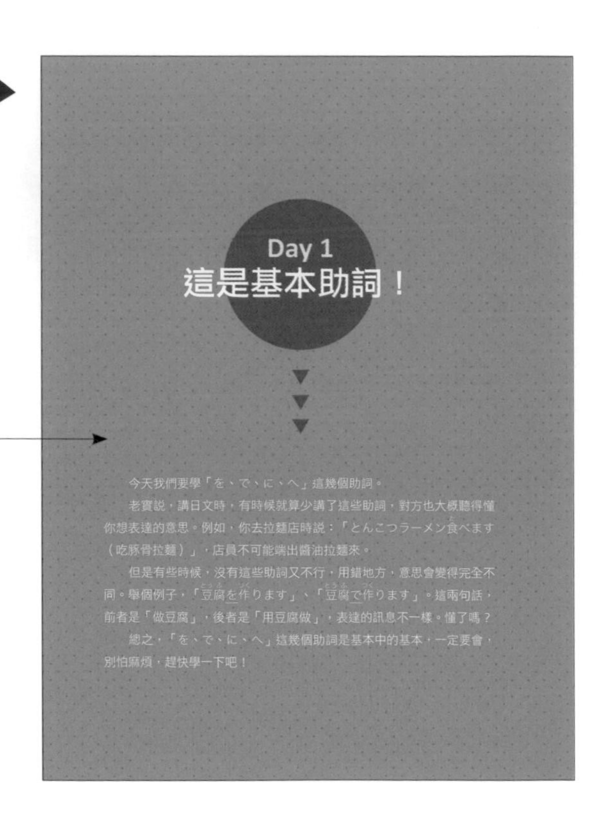

Day 1
這是基本助詞！

今天我們要學「を、で、に、へ」這幾個助詞。

老實說，講日文時，有時候就算少講了這些助詞，對方也大概聽得懂你想表達的意思。例如，你去拉麵店時說：「とんこつラーメン食べます（吃豚骨拉麵）」，店員不可能端出醬油拉麵來。

但是有些時候，沒有這些助詞又不行，用錯地方，意思會變得完全不同。舉個例子，「豆腐を作ります」、「豆腐で作ります」。這兩句話，前者是「做豆腐」，後者是「用豆腐做」，表達的訊息不一樣。懂了嗎？

總之，「を、で、に、へ」這幾個助詞是基本中的基本，一定要會，別怕麻煩，趕快學一下吧！

步驟 2：

配合 MP3 學習

除了用「看」的學習之外，還可以用「聽」的！作者親自錄製標準東京腔 MP3，收錄助詞的意思及例句，讓讀者一邊聆聽一邊記憶，或是一邊聆聽一邊跟著複誦，學習更加分！

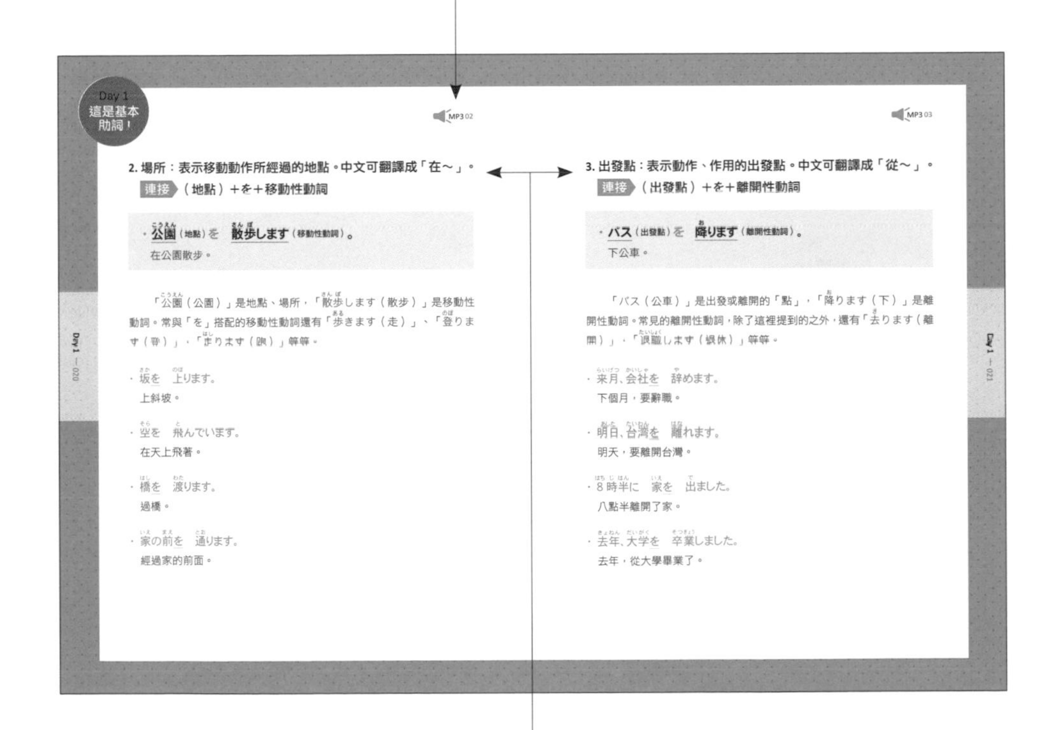

Day 1 這是基本助詞！

MP3 02

2. 場所：表示移動動作所經過的地點。中文可翻譯成「在～」。

連接（地點）＋を＋移動性動詞

・公園（地點）を　散歩します（移動性動詞）。

在公園散步。

「公園（公園）」是地點、場所，「散歩します（散步）」是移動性動詞。常與「を」搭配的移動性動詞還有「歩きます（走）」、「登ります（爬）」，「走ります（跑）」等等。

・坂を　上ります。

上斜坡。

・空を　飛んでいます。

在天上飛著。

・橋を　渡ります。

過橋。

・家の前を　通ります。

經過家的前面。

Day 1 — 020

MP3 03

3. 出發點：表示動作、作用的出發點。中文可翻譯成「從～」。

連接（出發點）＋を＋離開性動詞

・バス（出發點）を　降ります（離開性動詞）。

下公車。

「バス（公車）」是出發或離開的「點」，「降ります（下）」是離開性動詞。常見的離開性動詞，除了這裡提到的之外，還有「去ります（離開）」，「退職します（退休）」等等。

・来月、会社を　辞めます。

下個月，要辭職。

・明日、台湾を　離れます。

明天，要離開台灣。

・8時半に　家を　出ました。

八點半離開了家。

・去年、大学を　卒業しました。

去年，從大學畢業了。

Day 1 — 021

説明助詞的不同用法

學習助詞的重頭戲，就是要知道助詞的各種用法。本書將每個助詞的不同用法一一列舉，用淺顯易懂、生動有趣的方式説明，並提示該用法相對的中文意義，讓讀者一目瞭然，迅速掌握該助詞。

如何使用本書

步驟 3：

説明助詞使用的連接方式

學習助詞除了知道意思之外，還要知道如何與其他單字連接使用。因此每個助詞的每個用法皆列出連接公式，輔以例句説明，並教讀者如何代換其他單字，迅速學以致用。

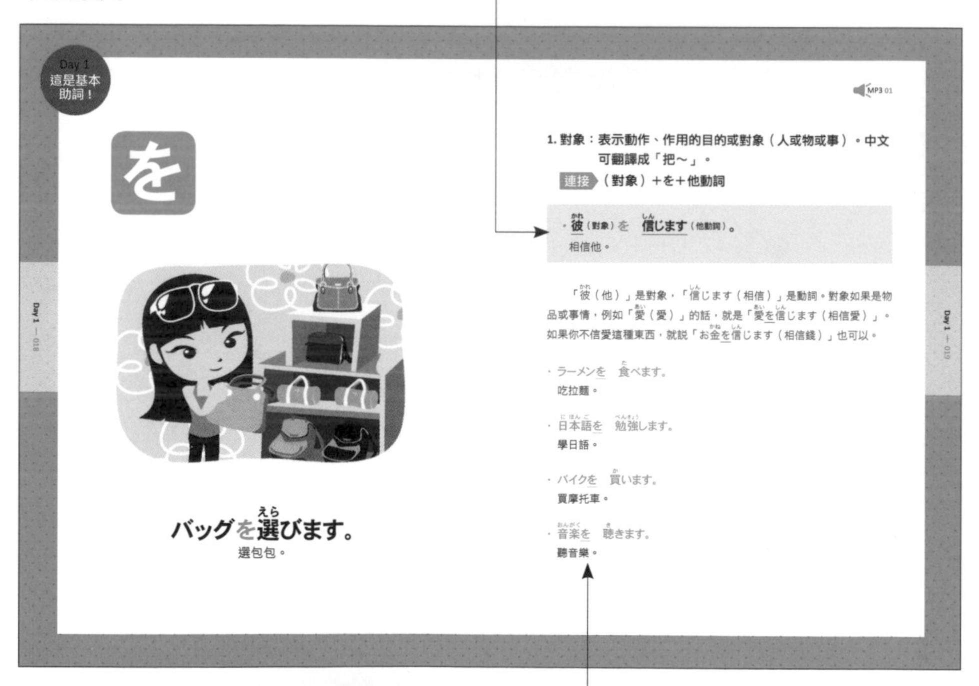

Day 1
這是基本助詞！

を

バッグを選びます。
選包包。

MP3 01

1. 對象：表示動作、作用的目的或對象（人或物或事）。中文可翻譯成「把～」。

連接（對象）＋を＋他動詞

・彼（對象）を　信じます（他動詞）。
相信他。

「彼（他）」是對象，「信じます（相信）」是動詞。對象如果是物品或事情，例如「愛（愛）」的話，就是「愛を信じます（相信愛）」。如果你不信愛這種東西，就説「お金を信じます（相信錢）」也可以。

・ラーメンを　食べます。
吃拉麵。

・日本語を　勉強します。
學日語。

・バイクを　買います。
買摩托車。

・音楽を　聴きます。
聽音樂。

Day 1 — 018

Day 1 — 019

步驟 4：

學習實用例句，加深助詞的印象

學會助詞的意思及連接方式之後，最終的目的當然就是要運用在句子上。本書每學完一種助詞的用法，立刻列出簡單又實用的例句，並附上中文翻譯，加深對該助詞用法的印象。這些例句不僅是日文造句的最佳範本，也可以運用在日常生活會話上。

練習題

一、請以下列提示的助詞完成句子。（可以重複使用）

を、で、に、へ

01. 3つ（　　）600円です。

02. 民宿（　　）泊まります。

03. 田中さん（　　）の 伝言です。

04. 橋（　　）渡ります。

05. 財布（　　）なくしました。

06. テーブルの上（　　）猫が います。

07. 8時半に 会社（　　）出ました。

08. デパートへ 買物（　　）行きます。

09. スーパー（　　）牛乳を 買いました。

10. 音楽（　　）聴きます。

解答：1.で 2.に 3.へ 4.を 5.を 6.に 7.を 8.に 9.で 10.を

練習題 — 096

步驟 5：

綜合練習測驗學習成果

本書為了讓讀者在學習上一次到位，特別在每一天的最後設置練習單元，將每一天內所學的助詞打散，讓讀者交叉練習，測驗學習成效，即刻補強不足之處！

（一）助詞分類

在傳統日文語言學中，將「助詞」的種類分成好幾種，雖然本書採用的是常用到的助詞，但若能了解每一種助詞的功能，多多少少會有幫助，因此這裡提供「四分類（六分類）」的基本概念。

「助詞」四分類法（六分類法）：

種類	所連接的品詞	特性	常見的助詞
A. 格助詞	接在「體言」（名詞）之下。	格助詞之間不互相接續，但「の」是例外。	を、で、に、へ、と、や、が、の、から、より、から、で
B. 副助詞（含「係助詞」）	接在各種品詞之下。	副助詞可互相接續。如果二種助詞連接時，「副助詞」在前、「係助詞」在後，而「係助詞」會對後面的述語產生影響，一般不加以細分。	は、も、だけ、しか、まで、さえ、こそ、ばかり、くらい、ほど、でも、など、か、とか、でも
C. 接續助詞	接在「用言」（イ形容詞、ナ形容詞、動詞）以及「助動詞」之下。	接續助詞不連接。	ので、のに、し、ながら、て、ても、ては、たり、から、けれども、ば、と

附錄 — 176

附錄統合整理各類助詞

學完本書的 30 個助詞之後，特別在附錄中詳細說明傳統日文語言學中助詞的「四分類（六分類）」，讓讀者對助詞有全盤性的了解，學習更上一層樓！

CONTENTS
目次

好用助詞就在這裡！

懂這些助詞，日文會變得更厲害！

附錄　你也可以變成日文助詞達人！

Day 0
助詞暖身操！

由於中文裡面沒有助詞，所以助詞這樣的概念，對母語為華語的學習者來說或許有一點困難。但討厭的是助詞相當於日文的關節，一個助詞不一樣，整個日文句子的意思也會跟著改變。再加上每個助詞的用法有很多種，不好記又容易忘，真是令人頭痛。不過別擔心，這裡一次整理出助詞的基本概念，讓你既好理解又好牢記，只要輕輕鬆鬆閱讀助詞暖身操，接下來的每個單元都會學得很順利喔！

（一）助詞的特性

▶ 附屬：必須接在各個「品詞」之下。（所謂的「品詞」，就是把單語依照它們的功用和形式加以分門別類。日文的品詞分為下列十種：名詞、い形容詞、な形容詞、動詞、副詞、連體詞、接續詞、感動詞、助詞、助動詞。）

▶ 不會變化：助詞本身不會變化，不像動詞等品詞有變化。

（二）學習助詞時會遇到的問題

簡單來講，「助詞」就是用來建立兩個不同或相同品詞之間的關係。在日文裡，品詞相接續時，需要「助詞」才有辦法建立關係，也才能構成正確的語法。由於在華語裡，找不到類似日文助詞的品詞，無法直接對應或翻譯，因此成為母語為華語的學習者的學習盲點。

以下是學習「助詞」時，常會遇到的問題：

▶ 日文助詞與中文翻譯一樣或類似的情形。

【母語為華語的學習者在學習時容易懂】

1. ラーメンを　食（た）べます。

把拉麵吃。→（吃拉麵。）

2. 学校（がっこう）で　勉強（べんきょう）します。

在學校裡讀書。

3. 友（とも）だちに　メールします。

寄電子郵件給朋友。

▶ 日文助詞不好翻譯成中文、或無法翻譯出中日文差別的情形。

【母語為華語的學習者在學習時不容易懂】

1. わたしは　李です。

我姓李。

2. わたしが　李です。

我姓李。

例如上面這兩個例句，日文有「は」和「が」的差別，中文翻譯卻是一樣。到底這兩句日文有什麼差異呢？我們在第 3 天會學習到。

（三）助詞的分類

另外，在傳統日文語言學中，「助詞」種類分成好幾種，常見的是四分類，分別為：「格助詞（格助詞）」、「副助詞（副助詞）」、「接続助詞（接續助詞）」、「終助詞（終助詞）」。還有一種常見的六分類，就是在四分類的四個之外，再多加「係助詞（係助詞）」、「間投助詞（間投助詞）」。

如果你想研究日文語言學，就必須深入弄懂這些助詞種類、概念以及各種使用情境。但是如果你只想學日文用來溝通，就不需要那麼辛苦。老實說這些名稱一般日本人也沒有分得很清楚，所以只要知道就好。我們學「助詞」最大的目的不是用來研究，而是要懂得如何運用，所以本書選取最常用到的「助詞」，當作每一天學習的內容。

がんばって！
（加油！）

Day 1
這是基本助詞！

今天我們要學「を、で、に、へ」這幾個助詞。

老實說，講日文時，有時候就算少講了這些助詞，對方也大概聽得懂你想表達的意思。例如，你去拉麵店時說：「とんこつラーメン食(た)べます（吃豚骨拉麵）」，店員不可能端出醬油拉麵來。

但是有些時候，沒有這些助詞又不行，用錯地方，意思會變得完全不同。舉個例子，「豆腐(とうふ)を作(つく)ります」、「豆腐(とうふ)で作(つく)ります」。這兩句話，前者是「做豆腐」，後者是「用豆腐做」，表達的訊息不一樣。懂了嗎？

總之，「を、で、に、へ」這幾個助詞是基本中的基本，一定要會，別怕麻煩，趕快學一下吧！

バッグを選(えら)びます。

選包包。

MP3 01

1. 對象：表示動作、作用的目的或對象（人或物或事）。中文可翻譯成「把～」。

連接（對象）＋を＋他動詞

・**彼**（對象）を　**信じます**（他動詞）。

相信他。

「彼（他）」是對象，「信じます（相信）」是動詞。對象如果是物品或事情，例如「愛（愛）」的話，就是「愛を信じます（相信愛）」。如果你不信愛這種東西，就說「お金を信じます（相信錢）」也可以。

・ラーメンを　食べます。

吃拉麵。

・日本語を　勉強します。

學日語。

・バイクを　買います。

買摩托車。

・音楽を　聴きます。

聽音樂。

MP3 02

2. 場所：表示移動動作所經過的地點。中文可翻譯成「在～」。

連接（地點）＋を＋移動性動詞

・**公園**（地點）**を**　**散歩します**（移動性動詞）。

在公園散步。

「公園（公園）」是地點、場所，「散歩します（散步）」是移動性動詞。常與「を」搭配的移動性動詞還有「歩きます（走）」、「登ります（登）」、「走ります（跑）」等等。

・坂を　上ります。

上斜坡。

・空を　飛んでいます。

在天上飛著。

・橋を　渡ります。

過橋。

・家の前を　通ります。

經過家的前面。

3. 出發點：表示動作、作用的出發點。中文可翻譯成「從～」。

連接（出發點）＋を＋離開性動詞

- **バス**（出發點）を　**降ります**（離開性動詞）。

  下公車。

「バス（公車）」是出發或離開的「點」，「降ります（下）」是離開性動詞。常見的離開性動詞，除了這裡提到的之外，還有「去ります（離開）」、「退職します（退休）」等等。

- 来月、会社を　辞めます。

  下個月，要辭職。

- 明日、台湾を　離れます。

  明天，要離開台灣。

- 8時半に　家を　出ました。

  八點半離開了家。

- 去年、大学を　卒業しました。

  去年，從大學畢業了。

MP3 04

4. 使役（自動詞）：表示以助詞「を」提示使役動作的對象（人）。中文可翻譯成「讓～」。

連接 （對象）＋を＋自動詞的使役形

・友（とも）だち（對象）を　怒（おこ）らせます（自動詞的使役形）。

讓朋友生氣。

「友（とも）だち（朋友）」是對象，「怒（おこ）らせます（讓～生氣）」是自動詞的使役形，辭書形（原形）為「怒（おこ）る（生氣）」、ます形為「怒（おこ）ります」。

・祖母（そぼ）を　安心（あんしん）させます。

讓祖母安心。

・部下（ぶか）を　出張（しゅっちょう）させます。

讓屬下出差。

・娘（むすめ）を　泣（な）かせないでください。

請別讓我女兒哭泣！

・彼（かれ）は　いつも　親（おや）を　心配（しんぱい）させます。

他總是讓父母擔心。

5. 使役 / 受身（他動詞）：表示以助詞「を」提示動作、作用所及的對象（人或物或事）。中文可翻譯成「被～」。

連接 （對象）＋を＋他動詞的使役形 / 受身形 / 使役受身形

・**秘密**（對象）を　**知られます**（他動詞的使役形 / 受身形 / 使役受身形）。
被知道祕密。

「秘密（祕密）」是對象，「知られます（被～知道）」是他動詞的使役形，辭書形（原形）為「知る（知道）」、ます形為「知ります」。

・財布を　盗まれました。
錢包被偷了。

・友だちに　彼氏を　取られました。
被朋友搶走男朋友了。

・電車の中で　足を　踏まれました。
在電車裡被踩到腳了。

・上司に　ビールを　飲ませられました。
被上司強迫喝了啤酒。

MP3 06

6. 方向：表示動作、作用的方向。中文可翻譯成「向～」。

連接 （方向）＋を＋一般動詞

・**右**（方向）を　**見ます**（一般動詞）。

看右邊。

「右（右邊）」是方向，「見ます（看）」是一般動詞。常見的方向相關詞彙，除了這裡提到的之外，還有「左（左邊）」、「前（前方）」、「北（北方）」、「南（南方）」、「東（東方）」、「西（西方）」等等。

・後ろを　振りむきます。

轉身；回頭。

・下を　向かないで。

別低頭！

・上を　向いて　歩きましょう。

昂首前行吧！

・人生の方向を　誤りました。

弄錯了人生的方向。

バスで行(い)きます。

坐公車去。

MP3 07

1. 地點：表示後項動作所發生的地點。中文可翻譯成「在～」。

連接 （地點）＋で＋動作動詞

・海（うみ）（地點）で　泳（およ）ぎます（動作動詞）。
在海裡游泳。

「海（うみ）（海）」是地點，「泳（およ）ぎます（游泳）」是動作動詞。如果地點在「プール（游泳池）」的話，就說「プールで泳（およ）ぎます（在游泳池游泳）」；在「川（かわ）（河川）」的話，就說「川（かわ）で泳（およ）ぎます（在河川游泳）」。

・教室（きょうしつ）で　勉強（べんきょう）します。
在教室學習。

・デパートで　服（ふく）を　買（か）いました。
在百貨公司買了衣服。

・喫茶店（きっさてん）で　デートしました。
在咖啡廳約會了。

・ホテルのロビーで　会（あ）いましょう。
在飯店的大廳見面吧！

2. 方法：表示方法以及手段（交通工具或語言）。中文可翻譯成「搭～；用～」。

連接（工具）＋で＋動作動詞

・**タクシー**（交通工具）で　**行きます**（動作動詞）。

搭計程車去。

「タクシー（計程車）」是交通工具，「行きます（去）」是動作動詞。交通工具還有「バイク（摩托車）」、「自転車（腳踏車）」、「車（汽車）」、「バス（公車）」、「電車（電車）」、「新幹線（新幹線、高鐵）」、「地下鉄（地下鐵）」等等。

※註：走路去的話，要用另外一個說法：「歩いて行きます（走路去）」。「歩いて」的「て」是「動詞て形」，不是助詞，要小心！

・はしで　食べます。

用筷子吃。

・英語で　話して。

用英文說！

・メールで　連絡します。

用電子郵件聯絡。

・ボールペンで　書いてください。

請用原子筆寫。

MP3 09

3. 材料：表示物品製作時所使用的材料。中文可翻譯成「用～」。

連接 （材料）＋で＋動作動詞

・**そば粉(こ)**（材料）で　**そばを**　**作(つく)ります**（動作動詞）。

用蕎麥粉做蕎麥麵。

「そば粉(こ)（蕎麥粉）」是材料，「作(つく)ります（製作）」是動作動詞。如果材料用「小麦粉(こむぎこ)（麵粉）」的話，可以做出「うどん（烏龍麵）」、「パン（麵包）」、「クッキー（餅乾）」、「ケーキ（蛋糕）」等等。

・布(ぬの)で　バッグを　作(つく)ります。

用布製作包包。

・毛糸(けいと)で　マフラーを　編(あ)みます。

用毛線編織圍巾。

・うるち米(まい)で　ビーフンを　作(つく)ります。

用粳米做米粉。

・丸太(まるた)で　ログハウスを　建(た)てたいです。

想用原木蓋木屋。

4. 數量的總合：表示數量計算的範圍。中文可翻譯成「共～」。

連接（數量的總合）＋で＋數字（金額、重量、距離等）

・**全部**（數量的總合）で　**800 円**（數字）**です。**

全部共八百日圓。

「全部（全部）」是數量的總合，「800 円（八百日圓）」是數字。數字和量詞的地方，除了這裡提到的之外，還可以用「～才（～歲）」、「～センチ（～公分）」、「～メートル（～公尺）」、「～リットル（公升）」等來表達。

※註：「～キロ（～）」為省略説法，「キロ（メートル）」是公里，「キロ（グラム）」是公斤。

・6 個で　2500 円です。

六個共二千五百日圓。

・合計で　5000元でした。

合計共五千元。

・3 つで　6 8 0 グラムです。

三個共六百八十公克。

・全部で　3 万キロ　走りました。

全部共跑了三萬公里。

5. 期限：表示完成某個動作花費的時間、期限。中文可翻譯成「用～就～；以～就～」。

連接（數量期限）＋で＋結果句

・**3時間**（數量期限）で　**小説を　読みました**（結果句）。
三個小時就看完了小說。

「3時間（三個小時）」是數量詞，「読みました（看了）」是動詞た形（辭書形（原形）為「読む（看）」，ます形為「読みます」）。如果你是花了半天時間看完小說，就說「半日で小説を読みました（花了半天就看完了小說）」。

・20分で　全部　食べました。
二十分鐘就吃完了全部。

・申し込みは　7月で　終了です。
報名在七月就結束。

・この授業は　あと　3日で　終わります。
這堂課再三天就結束。

・工事は　半年で　完成の予定です。
工程預定半年就完成。

MP3 12

6. 原因：表示原因、理由。中文可翻譯成「因為～」。

連接（原因）＋で＋結果句

・**風邪**（原因）で　**欠席します**（結果句）。

因為感冒，所以缺席。

「風邪（感冒）」是原因，「欠席します（缺席）」是動詞ます形。無法參加的原因有很多種，例如：「頭痛（頭痛）」、「腹痛（肚子痛）」、「腰痛（腰痛）」、「お葬式（喪禮）」等。如果你不想說清楚，也可以說「大事な用事（重要的事情）」、「家庭の事情（家庭因素）」。

・事故で　骨折しました。

因為車禍，所以骨折了。

・病気で　会社を　休みます。

因為生病，所以跟公司請假。

・胃がんで　亡くなりました。

因為胃癌，所以過世了。

・不景気で　仕事が　ありません。

因為不景氣，所以沒有工作。

はちじ　　お
8時に起きます。

八點起床。

MP3 13

1. 時間：表示動作發生的時間點。中文可翻譯成「在～」。

連接（時間）＋に＋動作句

・**7時**（時間）に　**起きます**（動作句）。

七點起床。

「7時（七點）」是時間，「起きます（起床）」是動詞。除了這裡提到的之外，時間的相關說法還有：「1時（一點）」、「2時（二點）」、「3時（三點）」、「4時（四點）」、「6時（六點）」、「8時（八點）」、「9時（九點）」、「12時（十二點）」。而「午前（上午）」、「午後（下午）」直接放在數字前就可以了。

・毎日　10時に　寝ます。

每天十點睡覺。

・いつも　１１時に　夜食を　食べます。

總是在十一點吃宵夜。

・授業は　午後　5時に　終わります。

課程在下午五點結束。

・今週の水曜日に　出張します。

在這週的星期三出差。

MP3 14

2. 存在的地點：表示人或物存在的地點。中文可翻譯成「在～」。

連接（地點）＋に＋存在動詞

・**兄（あに）は　アメリカ**（地點）に　**います**（存在動詞）。

哥哥在美國。

「アメリカ（美國）」是地點，「います（有；在）」是存在動詞。主詞如果是人或動物等有生命的話，就用「います」，但無生命的話，動詞要用「あります」。

・ここに　スマホが　あります。

在這裡有智慧型手機。

・ソファーの上（うえ）に　猫（ねこ）が　います。

在沙發上有貓。

・門（もん）の前（まえ）に　車（くるま）が　あります。

在門口有車。

・動物園（どうぶつえん）に　パンダが　いますか。

在動物園裡有貓熊嗎？

3. 對象：表示承受動作的對象。中文可翻譯成「給～；向～」。注意，此動作動詞的動作屬於單向。如果是雙向的話，就要用助詞「と（和～）」。

連接（對象）＋に＋動作動詞

- **お客(きゃく)さん**（對象）**に**　**電話(でんわ)します**（動作動詞）。

打電話給客戶。

「お客(きゃく)さん（客人；客戶）」是對象，「電話(でんわ)します（打電話）」是動作動詞。通訊發達的現代，聯絡的方式也變得多元了，還有「FAX(ファックス)します（傳真）」、「LINE(ライン)します（傳 LINE）」等等。

- 友(とも)だちに　メールします。

寄電子郵件給朋友。

- 弟(おとうと)に　パソコンを　あげます。

送個人電腦給弟弟。

- 先生(せんせい)に　おじぎします。

向老師鞠躬。

- 昨日(きのう)、駅(えき)で　同級生(どうきゅうせい)に　会(あ)いました。

昨天，在車站遇到了同學。

MP3 16

4. 範圍：表示進入或接觸的範圍。中文可翻譯成「在～；進～」。

連接（進入範圍）＋に＋動作動詞

・**電車**（でんしゃ）（進入範圍）に　**乗ります**（の）（動作動詞）。
搭電車。

「電車（でんしゃ）（電車）」是進入的範圍，「乗ります（の）（搭乘）」是動作動詞。進入範圍的動作動詞，除了這裡提到的之外，其它還有「座ります（すわ）（坐）」、「置きます（お）（放置）」、「勤めます（つと）（工作；服務）」等等。

・ホテルに　泊（と）まります。
住飯店。

・レストランに　入（はい）ります。
進去餐廳。

・タクシーに　乗（の）りましょう。
搭計程車吧！

・マンションに　住（す）んでいます。
住在華廈。

5. 目的：表示動作的目的。中文可翻譯成「為了～」。注意，「に」前面必須是名詞，所以若是遇到動詞，則要把動詞變成ます形，然後去掉「ます」。

連接（目的）＋に＋移動動詞

・**スーパーへ　買物（かいもの）**（目的）**に　行（い）きます**（移動動詞）**。**

為了買東西去超市。

「買物（かいもの）（購物）」是目的，「行（い）きます（去）」是移動動詞。移動動詞，除了這裡提到的之外，還有「来（く）る（來）」、「出（で）る（出去）」、「入（はい）る（進入）」、「帰（かえ）る（回）」、「戻（もど）る（回）」、「上（あ）がる（上去）」、「登（のぼ）る（登）」、「降（お）りる（下車）」、「下（さ）がる（下降）」等等。

・塾（じゅく）へ　勉強（べんきょう）に　行（い）きます。

為了唸書去補習班。

・温泉地（おんせんち）へ　保養（ほよう）に　行（い）きます。

為了休養去溫泉地區。

・先生（せんせい）の家（いえ）へ　あいさつに　寄（よ）りました。

為了問候順便到了老師的家。

・ゴッホの絵（え）を　見（み）に　出（で）かけます。

為了看梵谷的畫出門。

MP3 18

6. 結果：表示作用或變化的結果。中文可翻譯成「變成～；決定～」。

連接（名詞 / ナ形容詞）+に+なる / する

・**夏**（なつ）（名詞 / ナ形容詞）に　**なります**（動詞）。
變成夏天。

「夏（なつ）（夏天）」是名詞，「なります（變成）」是動詞なる，整句話意思為「變成夏天」。如果要說其他「季節（きせつ）（季節）」的話，可以替換成「春（はる）（春天）」、「秋（あき）（秋天）」、「冬（ふゆ）（冬天）」，甚至還可以替換成「正月（しょうがつ）（新年）」、「旧正月（きゅうしょうがつ）（農曆過年）」、「クリスマス（聖誕節）」喔。

・もう　１１時（じゅういちじ）に　なりました。
已經十一點了。

・彼女（かのじょ）は　きれいに　なりました。
她變漂亮了。

・わたしは　親子丼（おやこどん）に　します。
我決定要親子丼。

・やっぱり　電車（でんしゃ）に　します。
決定還是搭電車。

MP3 19

7. 基準：表示比例或分配的基準。中文可翻譯成「在～」。

連接 （期間 / 頻率）＋に＋次數

・**週**（しゅう）（期間 / 頻率）**に** **3日**（みっか）（次數） **バイトします。**

在一個星期打三天工。

「週（しゅう）（一週）」是期間，「3日（みっか）（三天）」是次數。「週（しゅう）に（在一週）」的部分，你也可以替換成「1週間（いっしゅうかん）に（在一星期裡）」；「3日（みっか）（三天）」的部分，也可以替換成「3回（さんかい）（三次）」或「3度（さんど）（三次）」。

・月（つき）に　4回（よんかい）くらい　映画（えいが）を　見（み）ます。

一個月看電影四次左右。

・1年（いちねん）に　2回（にかい）　海外旅行（かいがいりょこう）を　します。

一年海外旅遊二次。

・3年（さんねん）に　1回（いっかい）　検査（けんさ）を　受（う）けてください。

請三年接受檢查一次。

・一生（いっしょう）に　1度（いちど）のお願（ねが）いです。

一生一次的請求。

MP3 20

8. 對象：「に」前面的名詞，表被動作用的對象，後面接續動詞「受身形」。中文可翻譯成「被（人）～」。

連接（人物）＋に＋動詞的受身形

・父（ちち）（人物）に　叱（しか）られました（動詞的受身形）。
被父親罵。

「父（ちち）（父親）」是人物，「叱（しか）られました（被罵）」是動詞的受身形。「受身形」主要用來表示感到困擾，有被動的語感，相當於中文的「被～」。

・先生（せんせい）に　注意（ちゅうい）されました。
被老師警告了。

・夫（おっと）に　浮気（うわき）されました。
被老公外遇了。

・母（はは）に　日記（にっき）を　見（み）られました。
被母親看了日記。

・弟（おとうと）に　おもちゃを　壊（こわ）されました。
被弟弟弄壞了玩具。

9. 對象：「に」前面的名詞，表使役作用的對象，後面接續動詞「使役形」。中文可翻譯成「讓（人）～」。

連接（人物）＋に＋動詞的使役形

・**学生**（人物）に　**新聞を**　**読ませます**（動詞的使役形）。

讓學生看報紙。

「学生（學生）」是人物，「読ませます（讓～看）」是動詞的使役形。「使役形」主要是用來讓某人照著自己的意見去做某樣事情。

・部下に　資料を　コピーさせます。

讓部屬影印資料。

・赤ちゃんに　ミルクを　飲ませます。

讓嬰兒喝牛奶。

・運送屋に　荷物を　運ばせます。

讓搬運公司的人搬行李。

・夫に　ダイヤの指輪を　買わせます。

讓老公買鑽戒。

コンサートへ行（い）きます。

去演唱會。

1. 方向：表示動作進行的方向或目標。中文可翻譯成「向～；到～」。

連接（地點）＋へ＋移動動詞

- **家**（うち）（地點）へ　**帰ります**（かえ）（移動動詞）。
  回家。

「家（うち）（家；房子）」是地點，「帰ります（かえ）（回去；歸）」是移動動詞。移動動詞有分「有方向性的」與「沒有方向性的」，有方向性的動詞才能用「へ」。因此有些動詞雖然是移動動詞，例如「歩く（ある）（走）」、「走る（はし）（跑）」等，但因為不具方向性，所以無法用「へ」。

（×）学校（がっこう）へ歩（ある）きます。（動詞「歩（ある）きます」不具方向性）

（○）学校（がっこう）へ歩（ある）いて行（い）きます。（動詞「行（い）きます」具有方向性）

另外，當「へ」表示動作移動的方向、目標、歸屬點時，此時「へ」和「に」同義，可以互相代替。因此上面的例句「家（うち）へ帰（かえ）ります」，可以換成「家（うち）に帰（かえ）ります」，意思相同。

- どこへ　行（い）きますか。
  去哪裡呢？
- これから　会社（かいしゃ）へ　戻（もど）ります。
  接著回公司。
- 去年（きょねん）、北海道（ほっかいどう）へ　行（い）きました。
  去年，去了北海道。
- 今度（こんど）、わたしの家（うち）へ　来（き）てください。
  下次，請來我家。

MP3 23

2. 對象：表示動作所指的對象。中文可翻譯成「給～；往～」。

連接（人 / 物 / 事）＋へ＋の＋（名詞）

・**娘**（むすめ）（人物）**への**　**プレゼント**（名詞）**です。**

給女兒的禮物。

「娘（むすめ）（女兒）」是人物，「プレゼント（禮物）」是名詞。用這個方式，你就可以簡單俐落地表達動作所指的對象。孩提時期，爸爸一出差回來，總帶著滿滿的「プレゼント（禮物）」或「お土産（みやげ）（伴手禮）」給我們，是一種難忘的回憶。

・父（ちち）への　手紙（てがみ）です。
　給父親的信。

・先生（せんせい）への　伝言（でんごん）です。
　給老師的留言。

・友（とも）だちへの　お祝（いわ）いです。
　給朋友的賀禮。

・台北（タイペイ）への　バスは　多（おお）いです。
　往台北的公車很多。

MP3 24

3. 呼喚：表示呼喚對象。中文可翻譯成「給～」。

連接（對象）＋へ

・**日本（にほん）のみなさま**（對象）へ

給日本的大家。

「日本（にほん）のみなさま」是對象，「へ」表示呼喚的對象。要注意！儘管「へ」表示動作移動的對象、方向，理論上可以替換「に」，但由於這種句子屬於「書信固定用法」（「へ」後面的字都省略了），所以只能固定用「へ」，不能替換成「に」。

・世界（せかい）の子供（こども）たちへ

給世界的孩子們

・営業部（えいぎょうぶ）の担当者（たんとうしゃ）さまへ

給行銷部的負責人

・3年（さんねん）2組（にくみ）のみんなへ

給三年二班的大家

・阿部（あべ）さんへ

給阿部先生（小姐）

練習題

一、請以下列提示的助詞完成句子。（可以重複使用）

を、で、に、へ

01. 3つ（みっつ）（　　　　）600円（ろっぴゃくえん）です。

02. 民宿（みんしゅく）（　　　　）泊（と）まります。

03. 田中（たなか）さん（　　　　）の　伝言（でんごん）です。

04. 橋（はし）（　　　　）渡（わた）ります。

05. 財布（さいふ）（　　　　）なくしました。

06. テーブルの上（うえ）（　　　　）猫（ねこ）が　います。

07. 8時半（はちじはん）に　会社（かいしゃ）（　　　　）出（で）ました。

08. デパートへ　買物（かいもの）（　　　　）行（い）きます。

09. スーパー（　　　　）牛乳（ぎゅうにゅう）を　買（か）いました。

10. 音楽（おんがく）（　　　　）聴（き）きます。

解答：1.で 2.に 3.へ 4.を 5.を 6.に 7.を 8.に 9.で 10.を

二、對的句子請畫○，錯的句子請畫 ×。

01.（　　　）電車(でんしゃ)の中(なか)で　足(あし)に　踏(ふ)まれました。

02.（　　　）毎日(まいにち)　１１時(じゅういちじ)を　寝(ね)ます。

03.（　　　）去年(きょねん)、フランスへ　行(い)きました。

04.（　　　）全部(ぜんぶ)に　４２(よんじゅうに)キロ　走(はし)ります。

05.（　　　）兄(あに)は　ドイツへ　います。

06.（　　　）春(はる)に　なります。

07.（　　　）マンションで　住(す)んでいます。

08.（　　　）申(もう)し込(こ)みは　８月(はちがつ) 12日(じゅうににち)で　終(お)わりです。

09.（　　　）妹(いもうと)に　自転車(じてんしゃ)を　あげます。

10.（　　　）心臓病(しんぞうびょう)を　亡(な)くなりました。

（解說請看下頁）

解答：1. × 2. × 3. ○ 4. × 5. × 6. ○ 7. × 8. ○ 9. ○ 10. ×

解說：

01.【正確】→ 電車(でんしゃ)の中(なか)で　足(あし)を　踏(ふ)まれました。

02.【正確】→ 毎日(まいにち)　１１時(じゅういちじ)に　寝(ね)ます。

04.【正確】→ 全部(ぜんぶ)で　４２(よんじゅうに)キロ　走(はし)ります。

05.【正確】→ 兄(あに)は　ドイツに　います。

07.【正確】→ マンションに　住(す)んでいます。

10.【正確】→ 心臓病(しんぞうびょう)で　亡(な)くなりました。

練習題

Day 2
非學不可的助詞！

今天我們要學「と、や、から、まで、までに」這幾個在溝通時一定會用到的助詞。

運用這些助詞，說出來的日文才不會永遠只是片斷，而是有點長度而且感覺豐富的。這種感覺就像到了冬天，穿上一層又一層的上衣一樣，全部穿上去就變得很時尚，學了這些助詞，你的日文也會變得更有層次。

Day 2
非學不可的
助詞！

と

ハンバーガーとコーラをください。

請給我漢堡與可樂。

MP3 25

1. 並列：表示列舉兩個以上的名詞。相當於中文的「～和～」。

連接（名詞）＋と＋（名詞）

・**李(り)さん**（名詞）と　**王(おう)さん**（名詞）は　**夫婦(ふうふ)です。**

李先生和王小姐是夫婦。

「李(り)さん（李先生）」與「王(おう)さん（王小姐）」是名詞。「と」相當於中文的「和」，用這個助詞就可以連接好多名詞，但最好不要用太多，免得變成幼稚的日文。

・バラと　チューリップを　ください。

請給我玫瑰和鬱金香。

・東京(とうきょう)と　大阪(おおさか)と　北海道(ほっかいどう)に　行(い)きました。

去了東京和大阪和北海道。

・朝食(ちょうしょく)は　ご飯(はん)と　味噌汁(みそしる)です。

早餐是白飯和味噌湯。

・冷蔵庫(れいぞうこ)に　牛乳(ぎゅうにゅう)と　卵(たまご)が　あります。

冰箱裡有牛奶和蛋。

MP3 26

2. 對象：表示共同動作的對象。相當於中文的「和～（人一起做～）」。

連接（人物）+と+句子

・**母**（人物）と　**美容院へ　行きます**（句子）。

和母親去美容院。

「母（母親）」是人物，「美容院へ行きます（去美容院）」是句子，用助詞「と」來表示「共同動作的對象」。雖然句子裡面沒有提到「いっしょに（一起）」，但含有這個意思。

・父と　病院へ　行きます。

和父親去醫院。

・来週、姉と　タイへ　行きます。

下個星期，和姊姊去泰國。

・同級生と　日本へ　留学します。

和同學去日本留學。

・昨日、弟と　喧嘩しました。

昨天，和弟弟吵架了。

3. 引用：以助詞「と」來引述話中的內容或導入名詞。相當於中文的「是～」。

連接 （句子）＋と＋言う

- **わたしは　郭**（句子）**と　言います。**
  我姓郭。

「わたしは郭（我姓郭）」是句子，「言います（說；稱）」是動詞，助詞「と」放在動詞的前面，用來引述該動作的內容。如果你想用敬語來說、表現得更有禮貌一點的話，就說「わたしは郭と申します（敝姓郭）」。

- 先生は　「明日は　休講です」と　言いました。
  老師說：「明日は休講です（明天停課）。」

- 「おいしい」は　中国語で　何と　言いますか。
  「おいしい（好吃）」用中文怎麼說呢？

- これは　日本語で　何と　言いますか。
  這個用日文怎麼說？

- 「くうしんさい」と　言う野菜を　ください。
  請給我叫「くうしんさい（空心菜）」的蔬菜。

MP3 28

4. 提示：以助詞「と」來提示想法或考量、感受的內容。相當於中文的「是～；為～」。

連接 （普通體）＋と＋思（おも）う / 考（かんが）える

- **雨（あめ）が　降（ふ）る（普通體）と　思（おも）います。**

  我想會下雨。

「降（ふ）る（下；降）」是普通體，「思（おも）います（想；認為；覺得）」是動詞。用「～と思（おも）います（覺得～）」和「～と考（かんが）えます（認為～）」這兩個句型，你就可以表達自己的想法或感受。

- 景気（けいき）は　回復（かいふく）すると　思（おも）います。

  我認為景氣會恢復。

- 日本人（にほんじん）は　礼儀正（れいぎただ）しいと　思（おも）います。

  我認為日本人很有禮貌。

- 転職（てんしょく）しようと　考（かんが）えています。

  我正考慮換工作。

- 来年（らいねん）、結婚（けっこん）しようと　考（かんが）えています。

  我在考慮明年要結婚。

5. 假設：以助詞「と」來提示條件。相當於中文的「一～就～」。

連接（句子 A）＋と＋（句子 B）

- **夜(よる)に　なる**（句子）と、**涼(すず)しくなります**（句子）。

  一到晚上就變涼。

「夜(よる)になる（到晚上）」是句子 A，「涼(すず)しくなります（變涼快）」是句子 B。用助詞「と」來引導，表達當條件 A 成立時，B 便會出現。

- 春(はる)に　なると、桜(さくら)が　咲(さ)きます。

  一到春天，櫻花就會開。

- ボタンを　押(お)すと、開(ひら)きます。

  一按鈕就會開。

- 父(ちち)は　起(お)きると、新聞(しんぶん)を　読(よ)みます。

  父親一起床就看報紙。

- まっすぐ　行(い)くと、スーパーが　あります。

  一直走就有超市。

りんごやバナナなどを買（か）います。

買蘋果和香蕉等。

1. 列舉：表示部分的列舉。相當於中文的「～和～；～或～」。

連接（名詞）＋や＋（名詞）

・**牧場(ぼくじょう)に　牛(うし)（名詞）や　羊(ひつじ)（名詞）が　います。**

牧場有牛或羊。

「牛(うし)（牛）」與「羊(ひつじ)（羊）」都是名詞，用助詞「や」來列舉人、事、物。前面出現過的助詞「と」表並列（全部並列），這裡提到的助詞「や」則表列舉（部分列舉），常與「など（等）」連用。

・ラーメンや　牛丼(ぎゅうどん)を　食(た)べました。

吃了拉麵和牛丼。

・かばんの中(なか)に　スマホや　財布(さいふ)などが　あります。

包包裡有智慧型手機和錢包等。

・机(つくえ)の上(うえ)に　教科書(きょうかしょ)や　辞書(じしょ)や　参考書(さんこうしょ)が　あります。

桌上有教科書和辭典和參考書。

・あれや　これや　買(か)いました。

買了這個，買了那個。

から

アメリカから友(とも)だちが来(き)ます。

朋友從美國來。

1. 時間：表示動作、作用或狀態的時間起點。相當於中文的「從～」。

連接 （時間）＋から

・**授業（じゅぎょう）は　8時半（はちじはん）（時間）からです。**

課程從八點半開始。

「8時半（はちじはん）（八點半）」是時間，用助詞「から」來表示「時間的起點」。「から」的後面，除了「です／でした」之外，你也可以用「始（はじ）めます（開始）」、「終（お）えます（結束）」等動作動詞。

・銀行（ぎんこう）は　9時（くじ）からです。

銀行從九點開始。

・テストは　11時（じゅういちじ）から　始（はじ）めます。

考試從十一點開始。

・学校（がっこう）は　4月6日（しがつむいか）から　始（はじ）まります。

學校從四月六日開課。

・コンサートは　7時（しちじ）から　開始（かいし）です。

演唱會從七點開始。

MP3 32

2. 地點：表示動作、作用的地方起點。相當於中文的「從～」。

連接 （地點）＋から＋移動動詞

・電車（でんしゃ）（地點）から　降（お）ります（移動動詞）。
下電車。

「電車（でんしゃ）（電車）」是地點，「降（お）ります（下）」是移動動詞，用助詞「から」來表示「地方的起點」。電車是交通工具，後面通常接續助詞「で」，以表示「搭電車～」（參考 P027「で」2）。但上面的例句，電車後面接續助詞「から」，用意在強調電車為地點、地方，以表示「從電車～」。

・会社（かいしゃ）は　駅（えき）から　遠（とお）いです。
公司從車站過來很遠。

・ここから　出発（しゅっぱつ）します。
從這裡出發。

・フランスから　友（とも）だちが　来（き）ます。
朋友從法國來。

・空港（くうこう）から　1時間（いちじかん）　かかります。
從機場來要花一個小時。

3. 對象：表示動作、作用獲得的來源、對象。相當於中文的「從～」，可與「に」交換使用。

連接（對象）＋から＋接受動詞

・父（ちち）（對象）から　こづかいを　もらいます（接受動詞）。
從父親那裡得到零用錢。

「父（ちち）（父親）」是對象，「もらいます（得到；拿到）」是接受動詞，用助詞「から」來表示「獲得的來源」。相關的接受動詞還有「教（おそ）わります（受教；學習）」、「借（か）ります（借；借助）」、「習（なら）います（學習）」等。

・先生（せんせい）から　日本語（にほんご）を　教（おそ）わりました。
從老師那裡學到了日文。

・友（とも）だちから　自転車（じてんしゃ）を　借（か）りました。
從朋友那裡借了腳踏車。

・先輩（せんぱい）から　数学（すうがく）を　習（なら）いました。
從學長那裡學到了數學。

・兄（あに）から　ギターを　教（おそ）わりました。
從哥哥那裡學彈吉他了。

MP3 34

4. 材料：表示物品製作時使用的材料。相當於中文的「由～；用～」。

連接（材料）＋から＋動作動詞

・**麦**（むぎ）（材料）から　**ビールを　作ります**（つく）（動作動詞）。
用小麥做成啤酒。

「麦（むぎ）（小麥）」是材料，「作（つく）ります（做；製作）」是動作動詞，用助詞「から」來表示「用～材料」。這種情況，助詞「から」可以和「で」交換使用。（參考 P028「で」3）

・小麦粉（こむぎこ）から　パンを　作（つく）ります。
用麵粉做成麵包。

・海水（かいすい）から　食塩（しょくえん）を　作（つく）ります。
用海水製造食鹽。

・この牛革（ぎゅうかわ）から　かばんを　作（つく）りましょう。
用這張牛皮製作包包吧！

・葡萄（ぶどう）から　ワインを　作（つく）りませんか。
要不要用葡萄做葡萄酒呢？

5. 經由：表示動作、作用的經過場所。相當於中文的「從～」。

連接 （場所）＋から＋句子

・**窓**（場所）**から**　**風が　入ります**（句子）。

風從窗戶進來。

「窓（窗戶）」是場所，「風が入ります（風進來）」是一個句子，用助詞「から」來表示「經過的場所」。從「窓」進來的東西有很多種，也許是「鳥（鳥）」，也許是「雨（雨）」、「雨水（雨水）」，當然還有可能是「泥棒（小偷）」，記得出門時好好鎖門就是啦。

・入口から　入ってください。

請從入口進來。

・巣から　蜂が　出てきました。

蜜蜂從巢穴出來了。

・洞窟から　熊が　現れました。

熊從洞窟出現了。

・換気扇から　煙が　逃げます。

煙從換氣風扇散去。

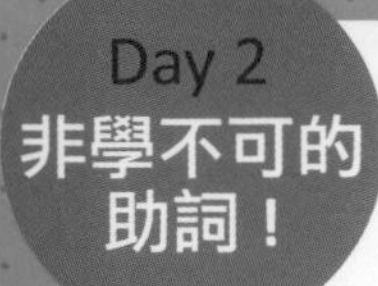

6. 原因理由：指單純的因果關係。相當於中文的「因為～所以～」。

連接（原因句）＋から、＋（結果句）

・**彼(かれ)は　優(やさ)しい**（原因句）**から、好(す)きです**（結果句）。

因為他很溫柔，所以喜歡。

「彼(かれ)は優(やさ)しい（他很溫柔）」是表示原因的句子，而「好(す)きです（喜歡）」是表示結果的句子，前後句用「から」連接，表示單純的因果關係。「から」這個助詞與「ので」意思差不多，但是「から」較主觀。（參考P157「ので」1）

・雨(あめ)だから、中止(ちゅうし)です。

因為下雨，所以中止。

・まだ　子供(こども)だから、分(わ)かりません。

因為還是小孩，所以不懂。

・天気(てんき)が　いいから、出(で)かけましょう。

因為天氣好，所以出門吧！

・勉強(べんきょう)しなかったから、受(う)かりませんでした。

因為沒有唸書，所以沒考上。

まで

会社（かいしゃ）まで車（くるま）で行（い）きます。

開車去公司。

MP3 37

1. 時間：表示動作、作用或狀態的時間終點。相當於中文的「到～」。

連接（時間）＋まで＋助動詞 / 動作動詞

・**デパートは　夜8時（よるはちじ）**（時間）**まで**です（助動詞）。

百貨公司到晚上八點。

「夜8時（よるはちじ）（晚上八點）」是時間，「です（是）」是助動詞，用助詞「まで」來表示「時間的終點」。「まで（到～）」是前面出現過的「から（從～）」的相反用語。説到日本百貨公司的「営業時間（えいぎょうじかん）（營業時間）」，幾乎都是晚上八點就打烊，還有的甚至晚上七點就打烊，前往時記得先查詢。

・郵便局（ゆうびんきょく）は　午後（ごご）7時（しちじ）までです。

郵局到下午七點。

・今日（きょう）は　10時（じゅうじ）まで　勉強（べんきょう）します。

今天唸書唸到十點。

・申（もう）し込（こ）みは　11月（じゅういちがつ）29日（にじゅうくにち）までです。

申請（期限）到十一月二十九日。

・昨夜（さくや）は　深夜（しんや）2時（にじ）まで　起（お）きていました。

昨晚到深夜兩點還醒著。

2. 地點：表示動作、作用的地方終點。相當於中文的「到～」。

連接（地點）＋まで＋移動動詞

・駅（地點）まで　歩きます（移動動詞）。
走路到車站。

「駅（車站）」是地點，「歩きます（走路）」是移動動詞，用助詞「まで」來表示「地方的終點」。到車站去的方法有很多種，除了走路之外，你也可以用「自転車（腳踏車）」、「バイク（摩托車）」、「車（汽車）」等。

・運動場まで　走ります。
跑到運動場。

・どこまで　行きますか。
要到哪裡去？

・病院まで　タクシーで　行きます。
搭計程車到醫院去。

・遊園地まで　2時間半　かかります。
到遊樂園要花兩個半小時。

MP3 39

3. 程度：表示程度的限度。相當於中文的「直到～程度（地步）」。

連接 （程度）＋まで＋句子

・最後（さいご）（程度）まで　がんばりなさい（句子）。
加油到最後！

「最後（さいご）（最後）」是程度，「がんばりなさい（要加油）」是句子，用助詞「まで」來表示「直到～程度」。「最後（さいご）」的地方，你也可以替換成「自分（じぶん）の限界（げんかい）（自己的極限）」或「倒（たお）れる（倒下）」。這是我國中時期，天天會被籃球隊教練説的一句話。

・そこまで　行（い）けば、だいじょうぶです。
到那裡去的話，沒問題。

・ここまで　努力（どりょく）したのに……。
都努力到這種程度了卻……。

・死（し）ぬまでの病気（びょうき）では　ありません。
不是會致死的病。

・ちょっと　試（ため）したまでです。
不過是牛刀小試而已。

4. 限度：表示最大的限度。相當於中文的「連～都」、「甚至於～」。

連接 （限度的對象）＋まで＋句子

・**大人**（限度的對象）まで　**このゲームに　夢中です**（句子）。
連大人都對這遊戲著迷。

「大人」是限度的對象，「このゲームに夢中です（對這遊戲著迷）」是一個句子，用助詞「まで」來表示「最大的限度」。「まで」的部分，你也可以與「さえ（連～）」交換使用。

・ついに　親にまで　見放されました。
終於連父母都放棄了。

・下着まで　濡れました。
連內衣褲都濕了。

・仏様まで　怒るでしょう。
連佛祖也生氣吧！

・夢にまで　見ました。
連在夢中都看見了。

までに

3時(さんじ)までにやってください。

請在三點前完成。

1. 期限：表示動作必須在期限內完成。相當於中文的「在～之前」。

連接（時間）＋までに＋句子

・**5時**（ごじ）（時間）までに　**仕上げます**（しあげます）（句子）。

五點前會做好。

「5時（ごじ）（五點）」是時間，「仕上げます（しあげます）（完成；做好）」是句子，用助詞「までに」來表示「期限」。前面學的「まで」與「までに」，有些人會搞混，「までに」相當於中文的「在～之前」，請小心。

・8時（はちじ）までに　行きます（いきます）。

八點前會到。

・月末（げつまつ）までに　完成（かんせい）させます。

月底以前會（讓它）完成。

・今年（ことし）の夏（なつ）までに　終わらせます（おわらせます）。

在今年夏天前會（讓它）完成。

・夜（よる）までに　着く（つく）はずです。

晚上之前應該會到。

一、請將下列句子重組。

01. 喧嘩(けんか)し / 昨日(きのう)、 / ました / 姉(あね)と

→ ____。

02. まで / に / 仕上(しあ)げます / 9時(くじ)

→ ____。

03. りんご / バナナ / ください / を / と

→ ____。

04. は / 午後(ごご) / です / まで / 郵便局(ゆうびんきょく) / 5時(ごじ)

→ ____。

05. 会社(かいしゃ) / は / 駅(えき) / 近(ちか)い / から / です

→ ____。

06. 牛肉(ぎゅうにく) / 冷蔵庫(れいぞうこ) / と / に / バター / あります / が

→ ____。

07. いい / 出(で)かけ / ましょう / から、 / が / 天気(てんき)

→ ____。

08. 回復(かいふく)しない / 景気(けいき) / と / は / 思(おも)います

→ ____。

09. 教科書(きょうかしょ) / 中(なか)に / や / あります / かばん / 辞書(じしょ) / の / などが

→ ____。

10. 中国語(ちゅうごくご) / か / 何(なん) / 言(い)います / これ / で / は / と

→ ____。

解答：

01. 昨日(きのう)、姉(あね)と　喧嘩(けんか)しました。

02. 9時(くじ)までに　仕上(しあ)げます。

03. りんごと　バナナを　ください。

04. 郵便局(ゆうびんきょく)は　午後5時(ごごごじ)までです。

05. 会社(かいしゃ)は　駅(えき)から　近(ちか)いです。

06. 冷蔵庫(れいぞうこ)に　牛肉(ぎゅうにく)と　バターが　あります。

07. 天気(てんき)が　いいから、出(で)かけましょう。

08. 景気(けいき)は　回復(かいふく)しないと　思(おも)います。

09. かばんの中(なか)に　教科書(きょうかしょ)や　辞書(じしょ)などが　あります。

10. これは　中国語(ちゅうごくご)で　何(なん)と　言(い)いますか。

二、請以下列提示的助詞完成句子。（可以重複使用）

と、や、から、まで、までに

01. 郵便局(ゆうびんきょく)は　朝(あさ)9時(くじ)（　　　　）です。

02. どこ（　　　　）行(い)きますか。

03. 祖父(そふ)（　　　　）病院(びょういん)へ　行(い)きます。

04. 先生(せんせい)（　　　　）英語(えいご)を　教(おそ)わりました。

05. 8時(はちじ)（　　　　）行(い)きます。

06. わたしは　王(おう)（　　　　）言(い)います。

07. バッグの中(なか)に　スマホ（　　　　）財布(さいふ)（　　　　）本(ほん)が　あります。

08. 蕎麦粉(そばこ)（　　　　）蕎麦(そば)を　作(つく)ります。

09. 結婚(けっこん)しよう（　　　　）考(かんが)えています。

10. 入口(いりぐち)（　　　　）入(はい)ってください。

解答：1.から 2.まで 3.と 4.から 5.までに 6.と 7.や、や 8.から 9.と 10.から

Day 3
看似簡單，但有學問的助詞！

今天我們要學「が、は」這兩個助詞。

「は」和「が」經常出現，看似簡單，但其用法一向都是日文語言學裡最難解的習題，而且相關研究以及論文也非常多，但是這些理論對一般學習者來說，沒有太大的意義，因此在這一天的學習裡，會先就「は」與「が」的重要用法一一解說，最後再就兩者的重要差異提出說明。一起好好學習吧！

せきが出(で)ます。

咳嗽。

1. 主詞：接在疑問詞後，除了用來提示主詞之外，還可以用來強調詢問的內容。

連接（疑問詞）＋が＋疑問句

・**いつ**（疑問詞）**が** **いいですか**（疑問句）。
什麼時候好呢？

「いつ（什麼時候）」是疑問詞，「いいですか（好嗎？）」是疑問句，助詞「が」除了可以提示主詞之外（這裡的主詞是「いつ（什麼時候）」），還可以用來強調詢問的內容。日文常見的疑問詞，除了這裡提到的之外，還有「どこ（哪裡）」、「いくら（多少錢）」、「いくつ（幾個）」等等。

・何（なに）が　ほしいですか。
想要什麼呢？

・誰（だれ）が　来（き）ますか。
誰會來呢？

・どれが　好（す）きですか。
喜歡哪一個呢？

・どの人（ひと）が　林（りん）さんのお兄（にい）さんですか。
哪一位是林先生的哥哥呢？

MP3 43

2. 主詞：提示主、客觀敘述句的主詞。

連接（名詞）＋が＋イ形容詞 / ナ形容詞 / 自動詞句子

・**頭**（あたま）（名詞）**が**　**痛いです**（いた）（イ形容詞句子）。
頭痛。

「頭（あたま）（頭）」是名詞，「痛（いた）いです（痛的）」是イ形容詞句子，用助詞「が」來提示主詞是「頭（あたま）（頭）」，並藉以敍述狀態。此種句型敍述的內容，多為自然變化的現象或社會的狀態。

・バナナが　有名（ゆうめい）です。
香蕉很有名。

・風（かぜ）が　吹（ふ）いています。
風正颳著。

・もうすぐ　桜（さくら）の花（はな）が　咲（さ）きます。
再不久櫻花就要開了。

・景気（けいき）が　よくなるでしょう。
景氣會變好吧。

3. 敘述說明：以「～は～が～」的形式，用來補充、敘述主詞。其中「が」是用來提示說明句「～が～」的主詞為何。

連接 （名詞）＋が＋句子

・**象（ぞう）は　鼻（はな）（名詞）が　長（なが）いです（句子）。**
大象的鼻子很長。

「鼻（はな）（鼻子）」是名詞，「長（なが）いです（長的）」是句子，「が」用來提示說明句「鼻（はな）が長（なが）いです（鼻子長）」這句話的主詞是「鼻（はな）（鼻子）」。這句話，你也可以用助詞「の」說成「象（ぞう）の鼻（はな）は長（なが）いです（大象的鼻子很長）」。

・弟（おとうと）は　背（せ）が　高（たか）いです。
弟弟個子很高。

・祖母（そぼ）は　目（め）が　悪（わる）いです。
祖母眼睛不好。

・台湾（たいわん）は　マンゴーが　有名（ゆうめい）です。
台灣芒果很有名。

・わたしは　おなかが　空（す）きました。
我肚子餓了。

MP3 45

4. 能力：表示「會、能做什麼」的對象。

連接 （名詞）＋が＋能力動詞

・**スキー**（名詞）**が　できます**（能力動詞）。
會滑雪。

「スキー（滑雪）」是名詞，「できます（會；能）」是能力動詞，用助詞「が」來表示能力的對象是「スキー（滑雪）」。常見的能力動詞除了有「分（わ）かる（知道；懂）」、「できる（會；能）」之外，還有「見（み）える（看得見）」、「聞（き）こえる（聽得到）」等等。

・ピアノが　弾（ひ）けます。
會彈鋼琴。

・日本語（にほんご）が　分（わ）かります。
懂日文。

・タイ語（ご）が　読（よ）めます。
看得懂泰文。

・お化（ば）けが　見（み）えます。
看得到鬼。

5. 程度：與表示程度、巧拙的形容詞連接，表示能力、巧拙的對象。

連接 （名詞）＋が＋程度的形容詞句子

・呉（ご）さんは　ゴルフ（名詞）が　上手（じょうず）です（程度的形容詞句子）。

吳先生很會打高爾夫球。

「ゴルフ（高爾夫球）」是名詞，「上手（じょうず）です（厲害）」是表示程度的ナ形容詞句子，用助詞「が」來表示能力、巧拙的對象是「ゴルフ（高爾夫球）」。程度相關的形容詞還有「上手（じょうず）（厲害）」、「下手（へた）（不厲害）」、「得意（とくい）（擅長）」、「苦手（にがて）（不擅長）」等等。

・会計（かいけい）は　計算（けいさん）が　得意（とくい）です。

會計擅於計算。

・妻（つま）は　料理（りょうり）が　苦手（にがて）です。

太太不擅長料理。

・わたしは　歌（うた）が　下手（へた）です。

我唱歌唱得不好。

・部長（ぶちょう）は　カラオケが　苦手（にがて）です。

部長不擅長卡拉 OK。

MP3 47

6. 感覺：與感覺的形容詞連接，多用於表示生理或心理上的感覺或好惡。

連接 （名詞）＋が＋感情的形容詞

・お金（かね）（名詞）が　ほしい（感情的形容詞）です。
想要錢。

「お金（かね）（錢）」是名詞，「ほしい（想要的）」是表達感情的イ形容詞，用助詞「が」來表示「ほしい（想要的）」的對象是「お金（かね）（錢）」。常見表達感情的形容詞有「好（す）き（喜歡）」、「嫌（きら）い（討厭）」、「痛（いた）い（痛的）」、「ほしい（想要的）」等等。

・子供（こども）は　ピーマンが　嫌（きら）いです。
小孩討厭青椒。

・母（はは）は　ひまわりが　好（す）きです。
母親喜歡向日葵。

・おなかが　痛（いた）いです。
肚子痛。

・わたしは　バナナが　大好（だいす）きです。
我非常喜歡香蕉。

7. 存在：表示存在。

連接 （名詞）＋が＋存在動詞

・**校庭**（こうてい）**に　子供**（こども）（名詞）**が　たくさん　います**（存在動詞）。

校園裡有很多孩子。

「子供（こども）（孩子）」是名詞，「います（有）」是存在動詞，用助詞「が」來表示存在。存在動詞有二種，分別是「います（有生命）」、「あります（無生命）」之存在。

・池（いけ）の中（なか）に　亀（かめ）が　います。

池塘裡有烏龜。

・電線（でんせん）の上（うえ）に　からすが　います。

電線上有烏鴉。

・箱（はこ）の中（なか）に　お菓子（かし）が　あります。

箱子裡有零食。

・財布（さいふ）の中（なか）に　お金（かね）が　あります。

錢包裡有錢。

MP3 49

8. 主詞：授與表現中，若涉及第三者時，則以助詞「が」來提示主詞。

連接 （人物）＋が＋授與動詞

・**主人**（しゅじん）（人物）**が**　**指輪**（ゆびわ）**を**　**くれました**（授與動詞）。

老公送我戒指。

「主人（しゅじん）（老公）」是人物，「くれました（給我了）」是授與動詞，用助詞「が」來提示主詞是「主人（しゅじん）（老公）」。「くれます（給我）」的敬語為「くださいます（給我）」，如果給的對象是長輩或地位比你高的人，最好用敬語喔。

・友（とも）だちが　漫画（まんが）を　くれました。

朋友送我漫畫。

・姉（あね）が　ワンピースを　くれました。

姊姊送我連身裙。

・先生（せんせい）が　辞書（じしょ）を　くださいました。

老師送我辭典。

・上司（じょうし）が　ご飯（はん）を　おごってくださいました。

上司請我吃飯。

9. 主詞：在被動句型中，主詞是「事」或「物」的時候，以「が」來提示主詞。

連接 名詞（「事」或「物」）＋が＋被動句子

- **パソコン**（物品）**が　弟(おとうと)に　壊(こわ)されました**（被動句子）**。**

  個人電腦被弟弟弄壞了。

「パソコン（個人電腦）」是物品，「壊(こわ)されました（被弄壞了）」是被動句子，用助詞「が」來提示弄壞了的對象是主詞「パソコン（個人電腦）」。另外，和「事」相關的單字，有「計画(けいかく)（計畫）」、「関係(かんけい)（關係）」等等。

- 日記(にっき)が　母(はは)に　読(よ)まれました。

  日記被母親看了。

- 地震(じしん)のニュースが　伝(つた)えられました。

  地震的消息被傳遞了。

- 財布(さいふ)が　盗(ぬす)まれました。

  錢包被偷了。

- 漫画(まんが)が　捨(す)てられました。

  漫畫被丟了。

MP3 51

10. 感覺：以助詞「が」來提示五感（視覺、聽覺、味覺、嗅覺、觸覺）。

連接（名詞）＋が＋します

- **タバコの匂（にお）い**（名詞）**が　します。**

聞到香菸的味道。

「タバコの匂（にお）い（香菸的味道）」是名詞，「します（有；做）」是動詞，用助詞「が」來提示「タバコの匂（にお）い（香菸的味道）」。名詞的地方，除了這裡提到的之外，還可以說「香（かお）り（香氣）」、「騷音（そうおん）（噪音）」、「感触（かんしょく）（感覺；觸感）」、「前兆（ぜんちょう）（前兆）」、「予感（よかん）（預感）」等等。

- 人（ひと）の気配（けはい）が　します。

感覺有人。

- 大（おお）きい音（おと）が　しました。

聽到了很大的聲音。

- この漬物（つけもの）は　母（はは）の味（あじ）が　します。

這醃菜有母親的味道。

- 変（へん）な感（かん）じが　します。

有奇怪的感覺。

は

彼(かれ)はダンサーです。

他是舞者。

MP3 52

1. 主詞：提示主題。

連接（名詞）＋は＋敘述句

・**わたし**（名詞）**は　台湾人です**（敘述句）。

我是台灣人。

「わたし（我）」是名詞，「台湾人です（台灣人）」是敘述句。用助詞「は」來提示主詞是「わたし（我）」，並表示敘述句是用來說明主題的事實與現象。

・兄は　エンジニアです。
哥哥是工程師。

・日本のアニメは　おもしろいです。
日本的動漫很有趣。

・富士山は　とても　高いです。
富士山非常高。

・昨日は　雨でした。
昨天是雨天。

2. 對比：當一個句子裡有二個主題來對比時，以助詞「は」來引導。

連接 （名詞）＋は～、（名詞）＋は～

・**これ**（名詞）**は　レモンで、それ**（名詞）**は　ライムです。**

這是檸檬，那是萊姆。

「これ（這個）」是名詞，「それ（那個）」也是名詞，用助詞「は」來引導二個主題做對比。

・日本語（にほんご）は　得意（とくい）ですが、英語（えいご）は　苦手（にがて）です。

日文很厲害，但英文不行。

・梁（りょう）さんは　行（い）きますが、李（り）さんは　行（い）きません。

梁小姐去，但李小姐不去。

・今週（こんしゅう）は　遅番（おそばん）ですが、来週（らいしゅう）は　早番（はやばん）です。

這週是晚班，但下週是早班。

・うどんは　好（す）きですが、そばは　嫌（きら）いです。

喜歡烏龍麵，但不喜歡蕎麥麵。

MP3 54

3. 強調：與否定呼應，表示加以強調。

連接 （名詞）＋は＋否定敘述文

・夫（おっと）は　タバコ（名詞）は　吸（す）いません（否定敘述文）。
老公（絕）不抽菸。

「タバコ（香菸）」是名詞，「吸（す）いません（不抽）」是否定敘述文，用助詞「は」來強調否定。大多數的句子，通常只會出現一個「は」，但遇到否定時，為了強調，所以會出現二個「は」。

・家（いえ）には　誰（だれ）も　いません。
家裡沒有（半個）人。

・彼女（かのじょ）は　夜市（よいち）では　食（た）べません。
她在夜市（絕）不吃東西。

・今日（きょう）は　少（すこ）しも　寒（さむ）くは　ないです。
今天一點都不冷。

・こんなに　つらいとは　思（おも）いませんでした。
（完全）沒想到這麼辛苦。

4. 省略：表示省略、簡化（限口語中出現）。

連接（主詞）＋は＋（主詞）

- **わたし**（主詞）**は　チャーハン**（主詞）**。**
  （＝わたしは　チャーハンを　食(た)べます。）
  我要吃炒飯。

「わたし（我）」是主詞，「チャーハン（炒飯）」也是主詞，用助詞「は」來省略後半段。這種用法在日文裡叫做「うなぎ文(ぶん)（鰻魚文）」，也就是說，日文點菜時說「わたしはうなぎです」，意思並不是「I am an eel（我是鰻魚）」，而是「我要點鰻魚」或「我想吃鰻魚」的意思。有了助詞「は」，就可以把長長的句子省略成短的。不過，這樣的句子必須看前後文才能判斷意思。

- 俺(おれ)は　ビールと　枝豆(えだまめ)。（＝俺(おれ)は　ビールと　枝豆(えだまめ)に　します。）
  我要啤酒與毛豆。

- わたしは　これと　それ。（＝わたしは　これと　それを　買(か)います。）
  我要買這個與那個。

- ぼくは　レア。（＝ぼくは　レアに　します。）
  我要三分熟。

- うちの娘(むすめ)は　男(おとこ)の子(こ)です。（＝うちの娘(むすめ)は　男(おとこ)の子(こ)を　産(う)みました。）
  我女兒生的是男孩子。

◎「は」與「が」的重要差異

1.「は」的重點在後面，「が」的重點在前面。

例：彼(かれ)は　先生(せんせい)です。（他是老師。）　【重點在「老師」。】

彼(かれ)が　先生(せんせい)です。（他就是老師。）　【重點在「他」。】

如果還是容易混淆的話，記得一個規則：「は」的問句要用「は」來回答；「が」的問句就要用「が」來回答。很簡單吧！

2. 描述附屬關係的時候，一般使用「～は～が～」的句型。

例：妹(いもうと)は　背(せ)が　高(たか)いです。（妹妹個子很高。）

【「背(せ)が　高(たか)い」附屬於「妹(いもうと)」】

兄(あに)は　頭(あたま)が　いいです。（哥哥很聰明。）

【「頭(あたま)が　いい」附屬於「兄(あに)」】

都会(とかい)は　人(ひと)が　多(おお)いです。（都市人很多。）

【「人(ひと)が　多(おお)い」附屬於「都会(とかい)」】

「は」與「が」的差異，大致記得這二個重點，基本上就沒有問題囉。

練習題

一、對的句子請畫○，錯的句子請畫 ×。

01.（　　　）姉（あね）は　髪（かみ）が　長（なが）いです。

02.（　　　）何（なに）は　ほしいですか。

03.（　　　）景気（けいき）が　いいです。

04.（　　　）日本（にほん）は　りんごが　有名（ゆうめい）です。

05.（　　　）どれは　好（す）きですか。

06.（　　　）頭（あたま）は　痛（いた）いです。

07.（　　　）台湾語（たいわんご）は　話（はな）せます。

08.（　　　）わたしは　歌（うた）が　下手（へた）です。

09.（　　　）ギターが　弾（ひ）けます。

10.（　　　）家（いえ）にが　誰（だれ）も　いません。

解答：1.○ 2.× 3.○ 4.○ 5.× 6.× 7.× 8.○ 9.○ 10.×

解說：

02.【正確】→ 何（なに）が　ほしいですか。

05.【正確】→ どれが　好（す）きですか。

06.【正確】→ 頭（あたま）が　痛（いた）いです。

07.【正確】→ 台湾語（たいわんご）が　話（はな）せます。

10.【正確】→ 家（いえ）には　誰（だれ）も　いません。

二、請於（　　）中填入適當的助詞。（可以重複使用）

が、は、の

01. 今(いま)、雨(あめ)（　　　）降(ふ)っています。

02. あの人(ひと)は　目(め)（　　　）悪(わる)いです。

03. どの色(いろ)（　　　）好(す)きです。

04. わたしの妹(いもうと)（　　　）お化(ば)け（　　　）見(み)えます。

05. 友(とも)だち（　　　）チョコレートを　くれました。

06. かばん（　　　）中(なか)に　財布(さいふ)と　漫画(まんが)（　　　）あります。

07. 社長(しゃちょう)（　　　）ゴルフ（　　　）上手(じょうず)です。

08. 家(いえ)に（　　　）誰(だれ)も　いません。

09. 英語(えいご)（　　　）得意(とくい)ですが、日本語(にほんご)（　　　）苦手(にがて)です。

10. どの人(ひと)（　　　）岡本(おかもと)さんの奥(おく)さんですか。

解答：1. が 2. が 3. が 4. は、が 5. が
6. の、が 7. は、が 8. は 9. は、は 10. が

Day 4
原來這些助詞這麼簡單！

今天我們要學「も、か、など、とか」這些助詞。

學了這些助詞之後，你的日文表達範圍會變得很廣，和朋友的溝通也會更深入。比方說，你生日的時候好朋友問：禮物你要帽子還是外套？如果你兩個都不要，就可以說：「どっちもいりません（哪一個都不要）」，接著還可以再說：「指輪とかネックレスとかがほしいです（我想要戒指啊、項鍊啊等等）」。這些助詞是不是又好用、又簡單？但當然，和朋友的關係真的很好時，才能這麼直接啦。

ネックレスも指輪（ゆびわ）もほしいです。

項鍊也想要，戒指也想要。

1. 並列：表示同類事物的並列。相當於中文的「也～」。

連接（名詞）＋も＋敘述文

・**服**(ふく)（名詞）も　**アクセサリー**（名詞）も　**買**(か)**います**（敘述文）。

衣服也要買，飾品也要買。

「服(ふく)（衣服）」是名詞，「アクセサリー（飾品）」也是名詞，「買(か)います（買）」是動詞，用助詞「も」來表示並列。如果有錢的話，當然也可以一直加上去。「帽子(ぼうし)も眼鏡(めがね)もバッグもジャケットも買(か)います（帽子也要買，眼鏡也要買，包包也要買，夾克也要買）」。

・手(て)も　足(あし)も　汚(よご)れました。

手也是，腳也是，都弄髒了。

・父(ちち)も　母(はは)も　学校(がっこう)の先生(せんせい)です。

父親也是，母親也是，都是學校的老師。

・家(いえ)も　車(くるま)も　ほしいです。

房子也想要，車子也想要。

・大人(おとな)も　子供(こども)も　楽(たの)しめます。

大人也是，小孩也是，都能享受。

MP3 57

2. 完全否定：用「疑問詞＋も」表示全盤否定。相當於中文的「～都不～」。

連接 （疑問詞）＋も＋否定句

・何（疑問詞）も　買いません（否定句）。
什麼都不買。

「何（什麼）」是疑問詞，「買いません（不買）」是動詞的否定句，用助詞「も」連接在疑問詞之後，表示全盤否定，例如：「土産屋で誰も何も買いませんでした（在土產品店，不管是誰，什麼都沒買）」。

・通りに　誰も　いません。
街頭上都沒半個人。

・わたしは　何も　知りません。
我什麼都不知道。

・どっちも　好きじゃありません。
哪一個都不喜歡。

・日よう日は　どこも　行きませんでした。
（「どこも」還可以說「どこへも」或「どこにも」。）
星期日哪裡都沒有去。

3. 強調：表示數量超乎心中所預期的。相當於中文的「居然～」。

連接（數量詞）＋も＋動作句

・**5時間**（對象）**も** **勉強しました**（他動詞）。

竟然唸了五個小時的書。

「5時間（五個小時）」是數量詞，「勉強しました（唸了書）」是動作句，用助詞「も」表示數量超乎預期。與一般敘述文「5時間、勉強しました（唸了五個小時的書）」不同，因為加上「も」有強調效果。

・昨日は　12時間も　働きました。

昨天竟然工作了十二個小時。

・ウイスキーを　9杯も　飲みました。

竟然喝了九杯威士忌。

・この映画は　もう　4回も　見ました。

這部電影竟然已看了四次。

・同僚は　インドに　10回も　行きました。

同事竟然去了印度十次。

MP3 59

4. 類比：表示同類事件的對照，相當於中文的「還～」。

連接 （名詞）＋も＋敘述文

- **ラーメンを　食べました。焼き餃子（名詞）も　食べました（敘述文）。**

吃了拉麵。還吃了煎餃。

「焼き餃子（煎餃）」是名詞，「食べました（吃了）」是敘述文，用助詞「も」來表示對照。如果你是「食いしん坊（愛吃鬼）」，也許會說「ラーメンを食べました。焼き餃子も食べました。チャーハンと水餃子も食べました（吃了拉麵。還吃了煎餃。還吃了炒飯與水餃）」，吃那麼多，感覺好飽喔。

- 放課後、バスケットボールを　しました。サッカーも　しました。
  放學後，打了籃球。還踢了足球。

- 母に　料理を　習いました。裁縫も　習いました。
  從母親那裡學了做菜。還學了裁縫。

- 塾で　ひらがなを　勉強しました。カタカナも　少し　勉強しました。
  在補習班學了平假名。還學了一點片假名。

- 日本で　桜を　見たいです。富士山も　見たいです。
  在日本，想看櫻花。也想看富士山。

M(エム)サイズはありますか。

有 M 尺寸嗎？

MP3 60

1. 選擇：表示二者擇一。相當於中文的「～或者～」。

連接（名詞）＋か＋敘述文

- **父**（名詞）**か** **母が 来ます**（敘述文）。
  父親或母親會來。

「父（父親）」是名詞，「母（母親）」也是名詞，兩者中間放表示選擇的助詞「か」，也就是「父か母」，意思是「父親或母親」，之後再接「～が来ます（～會來）」，表示有人會來，但不確定來的人是父親還是母親。

- 李さんか 陳さんに 頼みます。
  拜託李先生或陳先生。

- 肉か 魚を 選んでください。
  請選擇肉或魚。

- コーヒーか 紅茶を 買います。
  買咖啡或紅茶。

- 明日か あさって、山登りしませんか。
  要不要明天或後天去爬山呢？

2. 不確定：表示不確定（人或物或事或時間）。相當於中文的「哪裡；什麼；幾點」等。

連接 （疑問詞）＋か＋敘述文

- **外に　誰（疑問詞）か　います（敘述文）。**

  外面有誰在。

「誰（誰）」是疑問詞，「います（在；有）」是敘述文，用助詞「か」來表示不確定。如果在外面的不是人，是有生命的動物，例如貓或狗，那麼可以說「外に何かいます（外面有什麼（生物））」。如果在外面的是無生命的東西的話，則可以說「外に何かあります（外面有什麼（東西））」。

- 近くに　何か　ありますか。

  附近有什麼東西嗎？

- 犬が　どこか　行ってしまいました。

  狗跑去哪裡了。

- 何か　言いましたか。

  說了什麼嗎？

- 今、何時か　分かりますか。

  知道現在幾點嗎？

MP3 62

3. 疑問：表示問句。相當於中文的「～嗎；～呢」。

連接 敘述文＋か

・これは　何(なん)です（敘述文）か。

這是什麼呢？

「これは何(なん)です（這是什麼）」是敘述文，後面加上「か」，表示問句。

・誕生日(たんじょうび)は　いつですか。

生日是什麼時候呢？

・週末(しゅうまつ)は　ひまですか。

週末有空嗎？

・あなたも　行(い)きますか。

你也去嗎？

・アポは　取(と)りましたか。

有預約了嗎？

4. 是否：以「～かどうか」的形式，表示不明確的正反兩面選項。相當於中文的「不知道～」。

連接（名詞 / 動詞普通形）＋かどうか＋敘述文

・**合格**（名詞）**かどうか** **分かりません**（敘述文）。
不知道是否合格。

「合格（合格）」是名詞，「分かりません（不知道）」是敘述文，中間以「～かどうか」的形式，表示不確定。日文在強調語氣時，會以「（動詞辭書形）か＋（動詞ない形）か」的形式出現，例如「合格するかしないか分かりません（不知道是合格還是不合格）」。

・告白するかどうか　迷っています。
在猶豫是否要告白。

・留学するかどうか　まだ　決めていません。
還沒決定是否要留學。

・台風で　休みかどうか　まだ　分かりません。
還不知道是否因颱風而放假。

・行くか　行かないか　早く　決めなさい。
趕快決定去或不去！

など

スーツケースに本(ほん)や靴(くつ)などを入(い)れます。

把書和鞋子等放進行李箱裡。

1. 列舉：表示部分列舉。相當於中文的「～等等」。

連接（名詞）＋など

・**公園**（こうえん）**に　リスや　小鳥**（ことり）（對象）**などが　います。**

公園裡有松鼠或小鳥等等。

「小鳥（ことり）（小鳥）」是名詞，用助詞「など」接在名詞後面，表示不只松鼠、小鳥而已，只是部分列舉。雖然不一定只能列舉兩個，但列舉太多的話，會變成不成熟的日文，所以多以「～や～（など）（～或～等等）」的形式呈現。

・苦手（にがて）な食（た）べ物（もの）は　納豆（なっとう）や　刺身（さしみ）などです。

不喜歡的食物是納豆或生魚片等等。

・スーパーで　野菜（やさい）や　魚（さかな）などを　買（か）いました。

在超市買了蔬菜或魚等等。

・大学（だいがく）で　言語学（げんごがく）や　心理学（しんりがく）などを　勉強（べんきょう）しました。

在大學唸了語言學或心理學等等。

・ベランダで　トマトや　茄子（なす）などを　育（そだ）てています。

在陽台栽種著番茄或茄子等等。

とか

パスタとかチャーハンとかを
作(つく)ります。

做義大利麵、炒飯等等。

MP3 65

1. 列舉：表示同性質名詞的並列、列舉。相當於中文的「～啊；～等等」。

連接 （名詞）＋とか＋（名詞）＋とか

・冷蔵庫(れいぞうこ)の中(なか)に　牛乳(ぎゅうにゅう)（名詞）とか　卵(たまご)（名詞）とかが　あります。
冰箱裡有牛奶啊、雞蛋啊等等。

「牛乳(ぎゅうにゅう)（牛奶）」是名詞，「卵(たまご)（雞蛋）」也是名詞，用助詞「とか」來表示列舉。通常以「～とか～とか（～啊～啊）」的形式呈現，但也有省略末尾「とか」的時候。與「～や～（など）（～或～等等）」的功能相似，但比較起來，「とか」比「～や～（など）」口語。

・コンビニで　おにぎりとか　からあげとかを　買(か)いました。
在便利商店買了飯糰啊、炸雞塊啊等等。

・スーツは　黒(くろ)とか　紺(こん)とかが　無難(ぶなん)です。
西裝是黑色啊、深藍色啊等等較安全。

・好(す)きな果物(くだもの)は　グアバとか　マンゴーとか　西瓜(すいか)です。
喜歡的水果是芭樂啊、芒果啊、西瓜啊等等。

・バーで　カクテルとか　ウイスキーとかを　飲(の)みました。
在酒吧喝了雞尾酒啊、威士忌啊等等。

練習題

一、請於（　　）中填入適當的助詞。（可以重複使用）

も、か、など、とか

01. わたしは　何（なに）（　　　　）　知（し）りません。

02. 今（いま）、何時（なんじ）（　　　　）　分（わ）かりますか。

03. 昨日（きのう）は　12時間（じゅうにじかん）（　　　　）　寝（ね）ました。

04. 苦手（にがて）な食（た）べ物（もの）は　納豆（なっとう）や　刺身（さしみ）（　　　　）です。

05. 学校（がっこう）で　料理（りょうり）を　習（なら）いました。ダンス（　　　　）

　　習（なら）いました。

06. コンビニで　ジュースとか　飴（あめ）（　　　　）を　買（か）いました。

07. ワインを　10杯（じゅっぱい）（　　　　）　飲（の）みました。

08. ごはん（　　　　）　麺（めん）を　選（えら）んでください。

09. どっち（　　　　）　嫌（きら）いです。

10. このゲームは　大人（おとな）も　子供（こども）（　　　　）　楽（たの）しめます。

解答：1. も 2. か 3. も 4. など 5. も 6. とか 7. も 8. か 9. も 10. も

二、對的句子請畫○，錯的句子請畫 ×。

01.（　　　）わたしは　何(なに)か　知(し)りません。

02.（　　　）課長(かちょう)は　ビールを　5本(ごほん)も　飲(の)みました。

03.（　　　）パソコンか　スマホを　買(か)います。

04.（　　　）父(ちち)とか　母(はは)とか　医者(いしゃ)です。

05.（　　　）日本(にほん)で　寿司(すし)を　食(た)べたいです。ラーメンか

食(た)べたいです。

06.（　　　）同僚(どうりょう)は　インドに　10回(じゅっかい)など　行(い)きました。

07.（　　　）今(いま)、何(なに)も　言(い)いましたか。

08.（　　　）台風(たいふう)で　休(やす)みも　どうか　まだ　分(わ)かりません。

09.（　　　）日(にち)よう日(び)は　どこも　行(い)きませんでした。

10.（　　　）明日(あした)も　あさって、海(うみ)に　行(い)きませんか。

（解說請看下頁）

解答：1. × 2. ○ 3. ○ 4. × 5. × 6. × 7. × 8. × 9. ○ 10. ×

解説：

01.【正確】→ わたしは　何(なに)も　知(し)りません。

04.【正確】→ 父(ちち)も　母(はは)も　医者(いしゃ)です。

05.【正確】→ 日本(にほん)で　寿司(すし)を　食(た)べたいです。ラーメンも　食(た)べたいです。

06.【正確】→ 同僚(どうりょう)は　インドに　10回(じゅっかい)も　行(い)きました。

07.【正確】→ 今(いま)、何(なん)と　言(い)いましたか。

08.【正確】→ 台風(たいふう)で　休(やす)みか　どうか　まだ　分(わ)かりません。

10.【正確】→ 明日(あした)か　あさって、海(うみ)に　行(い)きませんか。

Day 5
懂這些助詞，你的日文會變得更豐富！

今天我們要學習「だけ、しか、ばかり、くらい / ぐらい」這幾個助詞。

如果學會這些，你就可以用日文表達限定、強調、程度。舉個例子，「おにぎりだけ食べました」與「おにぎりしか食べませんでした」這兩句日文，如果用中文來說，意思都是「只吃了飯糰」，但是你可以發現在日文裡，前者用於肯定句，後者用於否定句，感覺稍微不同。進一步說，前者只表示「事實」，但後者給人家「吃不夠」的感覺喔。所以說，如果學會這些，你的日文會變得更豐富呢。

だけ

あさ
朝はコーヒーとパンだけです。

早上只有咖啡與麵包。

MP3 66

1. 限定：表示限定範圍、數量、程度，用於肯定句。相當於中文的「只有～而已」。

連接（名詞）＋だけ

・**時給（じきゅう）は　100元（ひゃくげん）（名詞）だけです。**

時薪只有一百元而已。

「100元（ひゃくげん）（一百元）」是名詞，「だけ」接續在名詞後面，是一種內心的限定、強調，用於肯定句。

・財布（さいふ）の中（なか）に　500円（ごひゃくえん）だけ　あります。

錢包裡只有五百日圓而已。

・朝（あさ）、りんごだけ　食（た）べました。

早上只吃了蘋果。

・週末（しゅうまつ）だけ　出（で）かけます。

只有週末會出門。

・わたしだけ　スマホを　持（も）っていません。

只有我沒有智慧型手機。

MP3 67

2. 強調：以「～だけでも」的形式呈現，藉以強調前面的名詞。相當於中文的「只有～」。

連接（名詞）＋だけ＋でも

・**今日（きょう）**（名詞）**だけでも　お願（ねが）いします。**

只有今天要麻煩您！

「今日（きょう）（今天）」是名詞。當「だけ」後面連接「でも」時，「でも」用來加強「だけ」，表示「真的只有～」，這是拜託人家的時候，很好用的一句話。還有「今回（こんかい）だけでもお願（ねが）いします（只有這次要麻煩您）」也很好用，但說到就要做到，最好不要一直拜託人家喔。

・1000円（せんえん）だけでも　いいです。

只有一千日圓也可以！

・1回（いっかい）だけでも　使（つか）ってみてください。

就算只有一次，也請使用看看！

・この仕事（しごと）だけでも　3か月（さんげつ）　かかりました。

光是這個工作，也花了三個月了！

・子供（こども）たちは　学校（がっこう）の勉強（べんきょう）だけでも　たいへんです。

孩子們光學校的課業，就夠辛苦了！

しか

彼女(かのじょ)はサラダしか食(た)べません。

她只吃沙拉。

MP3 68

1. 限定：表示限定，後面一定要接否定句。相當於中文的「只有～」。

連接（名詞）＋しか＋否定句

・今（いま）、100円（ひゃくえん）（名詞）しか　ありません（否定句）。

現在只有一百日圓。

「100円（ひゃくえん）（一百日圓）」是名詞，後面接續助詞「しか」表示「限定」，「しか」後面一定是否定句，而「ありません（沒有）」就是動詞的否定句。如果你的朋友常向你借錢，找這個「言（い）い訳（わけ）（藉口）」，當作無法借的理由也不錯。

・朝（あさ）、りんごしか　食（た）べませんでした。

早上只吃了蘋果。

・明日（あした）しか　時間（じかん）は　ありません。

只有明天才有時間。

・兄弟（きょうだい）は　兄（あに）しか　いません。

兄弟姊妹只有哥哥。

・家族（かぞく）しか　信（しん）じられません。

只能相信家人。

2. 強調：以「～だけしか」的形式呈現，表示加強語氣，後面一定要接否定句。相當於中文的「只～」。

連接 （名詞）＋だけ＋しか＋否定句

・**500円**（名詞）**だけしか** **持っていません**（否定句）。
只帶著五百日圓而已。

「500円（五百日圓）」是名詞，後面接續助詞「だけしか」表示「真的只有～」，「だけしか」後面一定是否定句，而「持っていません（沒有帶）」就是動詞的否定句。

・今月だけしか　待ちません。
只等這個月。

・野菜だけしか　食べません。
只有吃蔬菜。

・残りは　これだけしか　ありません。
剩下的只有這些而已。

・ちょっとだけしか　ありません。
只有一點點而已。

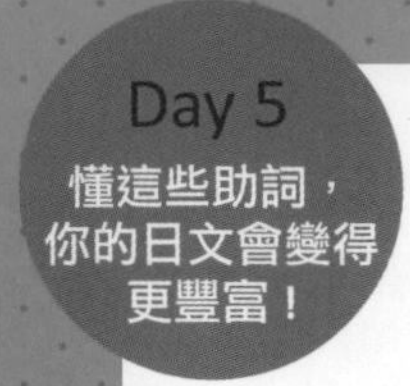

MP3 70

3. 強調：以「～ほかしか」的形式呈現，表示加強語氣，後面一定要接否定句。相當於中文的「只能～」。

連接 （動詞）＋ほか＋しか＋否定句

・**ただ　がんばる**（動詞）**ほかしか　ありません**（否定句）。
只能努力而已！

「がんばる（努力）」是動詞，後面接續助詞「ほかしか」表示「真的只有～」，「ほかしか」後面一定是否定句，而「ありません（沒有）」就是動詞的否定句。「がんばる（努力）」前面的「ただ」是「只有」的意思，還加「ただ」就變得更強調。

・うなづくほかしか　ありませんでした。
只能點頭而已！

・あやまるほかしか　ありません。
只能道歉而已！

・がまんするほかしか　ありません。
只能忍耐而已！

・笑（わら）うほかしか　方法（ほうほう）が　ありません。
只有笑這個辦法而已！

ばかり

妹(いもうと)は遊(あそ)んでばかりいます。

妹妹光是玩。

MP3 71

1. 限定：表示限定，說明這就是全部、不再有別的，屬於強調用法。相當於中文的「淨是～；光是～」。

連接（名詞 / 動詞て形）＋ばかり

・**毎日(まいにち)、雨(あめ)**（名詞）**ばかりです。**

每天光下雨。

「雨(あめ)（雨）」是名詞。助詞「ばかり」接續在名詞之後，表示限定該名詞，也就是「光下雨」。「梅雨(つゆ)（梅雨）」季節通常就是這個狀態，但農產品需要雨水，萬一「干(かん)ばつ（乾旱）」就不好了，所以不要埋怨喔。

・テストは　不合格(ふごうかく)ばかりです。

考試淨是不及格。

・肉(にく)ばかり　食(た)べないでください。

請不要光吃肉！

・遊(あそ)んでばかりで、勉強(べんきょう)しません。

光是玩，不唸書。

・夫(おっと)は　食(た)べてばかりで、運動(うんどう)しません。

老公光吃，不運動。

MP3 72

2. 概數：表示數量的大概。相當於中文的「大約～；～左右」。

連接（數量詞）＋ばかり

- **ねぎを　2本（にほん）（數量詞）ばかり　ください。**

請給我二根左右的蔥。

「2本（にほん）（二根）」是數量詞，後面接續助詞「ばかり」，表示該數量的大概。數量詞真的多到不行，背得令人心煩，但其實日常生活裡會用到的只有這些，遇到時慢慢記起來就好喔。

- あと　3日（みっか）ばかり　かかります。

還會花大約三天的時間。

- 30分（さんじゅっぷん）ばかり　昼寝（ひるね）します。

睡大約三十分鐘的午覺。

- 1週間（いっしゅうかん）ばかり　会社（かいしゃ）を　休（やす）みました。

跟公司請了大約一個星期的假。

- 1年半（いちねんはん）ばかり　留学（りゅうがく）します。

留學大約一年半。

MP3 73

3. 結束不久：以「～たばかり」的形式呈現，表示動作剛完成。相當於中文的「才剛～」。

連接（動詞た形）＋ばかり

- **さっき　始(はじ)めた（動詞た形）ばかりです。**

  剛才才剛開始而已。

「始(はじ)めた（開始了）」是動詞た形，只要後面加上助詞「ばかり」，就可以表達動作剛完成，所以這句的意思就是「剛開始」。

- この子犬(こいぬ)は　産(う)まれたばかりです。

  這隻小狗才剛出生不久。

- 晩(ばん)ごはんを　食(た)べたばかりです。

  才剛吃完晚餐而已。

- 部長(ぶちょう)は　ちょっと前(まえ)に　退社(たいしゃ)したばかりです。

  部長不久前才剛下班而已。

- 失恋(しつれん)したばかりで、元気(げんき)が　ありません。

  才剛失戀，所以沒有精神。

くらい / ぐらい

仕事（しごと）はあと30分（さんじゅっぷん）ぐらいで終（お）わります。

工作再三十分鐘左右結束。

MP3 74

1. 概數：表示數量的大概，用法類似「ほど」。相當於中文的「大約～；～左右」。

連接（數量詞）＋くらい / ぐらい

・30分（さんじゅっぷん）（數量詞）ぐらい　待（ま）ちました。
等了三十分鐘左右。

「30分（さんじゅっぷん）（三十分鐘）」是數量詞，助詞「くらい / ぐらい」接續在數量詞後，用來表示數量的大概。「くらい / ぐらい」與「ほど」的意思差不多（參考P148「ほど」1）。而關於「くらい」與「ぐらい」的差別，過去有區隔，但現在通用。

・頂上（ちょうじょう）まで　あと　1（いち）キロぐらいです。
到山頂還有一公里左右。

・高熱（こうねつ）が　5日間（いつかかん）くらい　続（つづ）きました。
高燒持續了五天左右。

・睡眠（すいみん）は　6時間（ろくじかん）くらいです。
睡眠大約六個小時。

・あと　10分（じゅっぷん）くらいで　つきます。
還有十分鐘左右就到。

MP3 75

2. 程度：表示同等程度。相當於中文的「像～般；只有～」。

連接（名詞）＋くらい / ぐらい

- **卵（名詞）くらいの大きさです。**
  雞蛋般的大小。

「卵（雞蛋）」是名詞，後面接續助詞「くらい / ぐらい」，就可以表示和名詞一樣的程度。所以如果形容雞蛋大小的東西，例如百香果，你就可以説「パッションフルーツは卵ぐらいの大きさです（百香果是雞蛋般的大小）」。

- 風邪ぐらいで　休まないで。
  只有感冒，別請假！

- このぐらい　大したことでは　ありません。
  只是這種程度，沒什麼大不了的。

- 1度の失敗くらい　だいじょうぶです。
  只有一次的失敗，沒關係的。

- ここからは　米粒ぐらいに　見えます。
  從這裡來看，是米粒般的大小。

練習題

一、請將下列句子重組。

01. 出(で)かけ / だけ / 週末(しゅうまつ) / ます

→ ________________________________。

02. 弟(おとうと) / いません / 兄弟(きょうだい) / は / しか

→ ________________________________。

03. 遊(あそ)んで / で、 / 勉強(べんきょう)しません / 息子(むすこ) / ばかり / は

→ ________________________________。

04. は / くらい / 睡眠(すいみん) / 5時間(ごじかん) / です

→ ________________________________。

05. 学校(がっこう)の / 娘(むすめ) / です / は / たいへん / 勉強(べんきょう)だけ / でも

→ ________________________________。

06. 休(やす)まないで / ぐらいで / 頭痛(ずつう) / ください

→ ________________________________。

07. くらい / あと / つきます / 10分(じゅっぷん) / で

→ ________________________________。

08. です / ちょっと前(まえ) / ばかり / 退社(たいしゃ)した / 部長(ぶちょう) / に / は

→ ________________________________。

09. あと / ばかり / かかります / 3日(みっか)

→ ________________________________。

10. しか / ちょっと / ありません / だけ

→ ________________________________。

解答：

01. 週末(しゅうまつ)だけ　出(で)かけます。

02. 兄弟(きょうだい)は　弟(おとうと)しか　いません。

03. 息子(むすこ)は　遊(あそ)んでばかりで、勉強(べんきょう)しません。

04. 睡眠(すいみん)は　5時間(ごじかん)くらいです。

05. 娘(むすめ)は　学校(がっこう)の勉強(べんきょう)だけでも　たいへんです。

06. 頭痛(ずつう)ぐらいで　休(やす)まないでください。

07. あと　10分(じゅっぷん)くらいで　つきます。

08. 部長(ぶちょう)は　ちょっと前(まえ)に　退社(たいしゃ)したばかりです。

09. あと　3日(みっか)ばかり　かかります。

10. ちょっとだけしか　ありません。

二、請於（　　）中填入適當的助詞。（可以重複使用）

だけ、しか、ばかり、くらい

01. 財布(さいふ)の中(なか)に　50元(ごじゅうげん)（　　　　）　あります。

02. 1度(いちど)（　　　　）でも　読(よ)んでみてください。

03. 梅雨(つゆ)の時期(じき)は　毎日(まいにち)、雨(あめ)（　　　　）です。

04. 残(のこ)りは　これだけ（　　　　）　ありません。

05. 朝(あさ)ごはんを　食(た)べた（　　　　）です。

06. 今(いま)、50円(ごじゅうえん)（　　　　）　ありません。

07. 睡眠(すいみん)は　毎日(まいにち)、7時間(しちじかん)（　　　　）です。

08. もう　がんばるほか（　　　　）　ありません。

09. この（　　　　）　大(たい)したことでは　ありません。

10. もう　あなた（　　　　）　信(しん)じられません。

解答：1.だけ 2.だけ 3.ばかり 4.しか 5.ばかり 6.しか 7.くらい 8.しか 9.くらい 10.しか

Day 6
好用助詞就在這裡！

今天我們要學「の、でも、より、ほど」這幾個助詞。

這幾個都是日文口語裡使用頻率非常高的助詞，尤其是「の」。沒有台灣人看不懂這個字吧？但這個助詞卻不一定都是「的」的意思。

「の、でも、より、ほど」這幾個助詞看似簡單，但學問多，而且懂了之後，會發現有多麼的好用喔。來，我們一起好好學習吧！

わたしの荷物(にもつ)がありません。

沒有我的行李。

1. 所屬：表示所有、所屬、所在、所產，或表性質。相當於中文的「～的」。

連接（名詞）＋の＋（名詞）

- **それは　わたし（名詞）のコップ（名詞）です。**
  那是我的杯子。

「わたし（我）」是名詞，「コップ（杯子）」也是名詞，用「の」來連接兩個名詞，表示所有、所屬，相當於中文的「的」。在口語表達時，「の」後面所接的名詞經常被省略。

- これは　兄(あに)のシャツです。
  這是哥哥的襯衫。

- これは　母(はは)の油絵(あぶらえ)です。
  這是母親的油畫。

- ベンツは　ドイツの車(くるま)です。
  賓士是德國的車。

- その靴(くつ)は　姑(しゅうとめ)のです。
  那雙鞋子是婆婆的。

MP3 77

2. 代替：用「の」來代替名詞。相當於中文的「～的」。

連接 （イ形容詞 / ナ形容詞＋な）＋の＋句子

・**小さい**（イ形容詞）**のは　８０円です**（句子）。
小的是八十日圓。

「小さい（小的）」是イ形容詞，後面接續助詞「の」，可以代替名詞，讓イ形容詞變成名詞，也才能和「～は ８０円です（～是八十日圓）」句子連結。如果「の」的前面是ナ形容詞，記得要加上「な」喔。

・白いのを　ください。
請給我白的。

・古いのは　捨てましょう。
舊的就丟掉吧！

・きれいなのを　選んでください。
請挑選漂亮的。

・人気なのを　買いました。
買了受歡迎的。

3. 主詞：修飾句中，與「が」相通。翻譯時，中文不需要特別翻譯出來。

連接 （名詞）＋の＋句子

- **母（はは）**（名詞）の**作（つく）った料理（りょうり）は　おいしいです**（句子）。

  母親做的料理很好吃。

「母（はは）の作（つく）った料理（りょうり）（母親做的料理）」是句子，「～はおいしいです（～很好吃）」也是句子。由於主詞的「の」與「が」相通，可以取代（の＝が），因此這句可改成「母（はは）が作（つく）った料理（りょうり）はおいしいです」，意思不變。

- 親友（しんゆう）は　性格（せいかく）のいい女性（じょせい）です。

  好朋友是個性好的女性。

- わたしの通（かよ）っている塾（じゅく）は　遠（とお）いです。

  我在上的補習班很遠。

- 弟（おとうと）の働（はたら）いている会社（かいしゃ）は　中小企業（ちゅうしょうきぎょう）です。

  弟弟工作的公司是中小企業。

- 背（せ）の高（たか）い男性（だんせい）を　紹介（しょうかい）してください。

  請介紹個子高的男性。

MP3 79

4. 事情：用「の」來名詞化，當作句子的主詞或受詞。相當於中文的「～事情」。

連接 （動詞普通體）＋の＋句子

・**薬を　飲む**（動詞普通體）**のを　忘れました**（句子）。

忘了吃藥（這件事）。

「～を忘れました（把～忘了）」是句子，它的前面必須是名詞。「薬を飲む（吃藥）」是動詞結尾，而助詞「の」的功用就是把「薬を飲む」名詞化。「の」可換成「こと」。因此這句可改成「薬を飲むことを忘れました」，意思不變。

・タバコを　吸うのを　やめました。

戒菸了。

・料理するのは　苦手です。

不擅長做料理。

・ドライブするのが　好きです。

喜歡兜風。

・絵を　描くのが　趣味です。

畫畫是興趣。

5. 目的：表示目的，動詞名詞化的表現。相當於中文的「為了～而～」。

連接（動詞辭書形）＋の＋に＋句子

- **100点を　取る**（動詞辭書形）**のに、がんばっています**（句子）。
  為了得一百分，正努力著。

「取る（取得）」是動詞辭書形，「がんばっています（正努力著）」是句子。表示目的的助詞「の」相當於中文的「為了～而～」。「の」可換成「ため」，因此這句可改成「100点を取るために、がんばっています」，意思不變。

- 長生きするのに、漢方薬を　飲みます。
  為了長壽而吃中藥。

- マンションを　買うのに、貯金しています。
  為了買華廈而儲蓄著。

- 留学するのに、バイトしています。
  為了留學而打工著。

- デートするのに、1時間も　化粧しました。
  為了約會而化了一個小時的妝。

MP3 81

**6. 對象：動詞名詞化的表現，後接可能動詞，表示動詞的對象。
中文不需要特別翻譯出來。**

連接（動詞普通體）＋の＋が＋可能動詞

- **うぐいすが　鳴く**（動詞普通體）**のが　聞こえます**（可能動詞）。

聽得到黃鶯在鳴叫。

「鳴く（鳴叫）」是動詞普通體，後面接續的助詞「の」可將動詞名詞化，並成為可能動詞「聞こえます（聽得到）」的對象。助詞「の」通常會與助詞「が」一起出現。題外話，日本人把黃鶯的鳴叫聲，用擬聲語「ホーホケキョ」來形容，如果有機會聽到牠的聲音，請仔細聽聽看，叫聲是不是真的像「ホーホケキョ」呢？

・屋上から　飛行機が　飛ぶのが　見えます。
從屋頂看得到飛機在飛。

・鯰は　地震が　来るのが　分かります。
鯰魚知道地震的到來。

・どこかで　子供が　泣いているのが　聞こえます。
聽得到孩子在哪裡哭著。

・ビルが　燃えているのが　見えます。
看得到大樓在燃燒著。

7. 疑問：表示口語中的疑問。相當於中文的「～嗎；～呢」。

連接 （動詞普通體）＋の

・いつ　出(で)かける（動詞普通體）の。

什麼時候出發呢？

「出(で)かける（出去；出發）」是動詞普通體，「の」放在句子的最後，相當於疑問句的「か」。

・どこで　会(あ)うの。

在哪裡見面呢？

・誰(だれ)と　行(い)くの。

和誰去呢？

・何(なに)を　するの。

做什麼呢？

・どうして　泣(な)くの。

為什麼哭呢？

でも

お茶(ちゃ)でも飲(の)みませんか。

要不要喝點茶什麼的？

1. 類推：表示舉例並類推其他的狀況。相當於中文的「即使～；連～」。

連接（名詞）＋でも

- **馬鹿**（名詞）**でも　分かります。**

  連笨蛋都知道。

「馬鹿（笨蛋）」是名詞，助詞「でも」接續在名詞後面，用來表示舉例並類推，相當於中文的「即使～」、「連～」。至於「馬鹿（笨蛋）」，千萬別對日本「関西人（關西人）」講這句話，因為他們覺得這一句話很重，會傷到人家的心。如果你想用日文開玩笑說「笨蛋！」的話，請改用「あほ（呆子）」這個字。日本東西文化不同，連語言也是。

- 子どもでも　知っています。

  連小孩也知道。

- 大人でも　難しいです。

  連對大人來說都很困難。

- その問題は　学者でも　解けません。

  那個問題連學者都無法解開。

- この漢字は　小学生でも　読めます。

  這個漢字連小學生都看得懂。

MP3 84

2. 例示：表示在同性質的事物中舉例。相當於中文的「～或什麼的」。

連接 （名詞）＋でも

・お茶（ちゃ）（名詞）でも　飲（の）みませんか。
要不要喝點茶或什麼的？

「お茶（ちゃ）（茶）」是名詞，後面接續表示例子的助詞「でも」，暗示還有其他的事物，相當於中文的「～或什麼的」。講話不習慣太直接的日本人，很愛用這個助詞喔。

・新聞（しんぶん）でも　読（よ）みましょう。
看看報紙或什麼的吧！

・デートでも　しませんか。
要不要約會或什麼的？

・そろそろ　バイトでも　しましょう。
差不多該打工或什麼的吧！

・（びっくりして）雪（ゆき）でも　降（ふ）るんじゃないですか。
（嚇了一跳）是不是會下雪或什麼的？

3. 全面肯定：表示什麼都可以。相當於中文的「完全都～」。

連接（疑問代名詞）＋でも

・**いつ**（疑問代名詞）でも　**いいです。**
什麼時候都可以。

「いつ（什麼時候）」是疑問代名詞，後面接續助詞「でも」，用來表示全面的肯定，相當於中文的「完全都～」。

・そのことは　誰(だれ)でも　知(し)っています。
那件事誰都知道。

・それは　どこでも　売(う)っています。
那個在哪裡都有賣。

・いつでも　遊(あそ)びに　来(き)てください。
請隨時來玩。

・ほしいものは　何(なん)でも　手(て)に入(い)れます。
想要的東西什麼都要到手。

Day 6
好用助詞
就在這裡！

より

タクシーはバスより速(はや)いです。

計程車比公車快。

1. 比較：表示比較的基準。相當於中文的「比起～更～」。

連接（名詞）＋より＋形容詞的句子

・**彼女（かのじょ）は　アイドル**（名詞）**より　かわいいです**（形容詞的句子）**。**

她比偶像可愛。

「アイドル（偶像）」是名詞，「かわいいです（可愛）」是形容詞的句子。「アイドル」後面接續助詞「より」，表示「アイドル」是比較的基準，也就是「比偶像更可愛～」。

・日本語（にほんご）は　英語（えいご）より　かんたんです。

日文比英文更簡單。

・母（はは）は　父（ちち）より　優（やさ）しいです。

母親比父親更溫柔。

・梨（なし）は　ぶどうより　おいしいです。

水梨比葡萄更好吃。

・和食（わしょく）は　洋食（ようしょく）より　ヘルシーです。

日本料理比西洋料理更健康。

MP3 87

2. 起點：表示動作作用的起點。相當於中文的「從～」。

連接（名詞）＋より

・**会議（かいぎ）は　2時（にじ）（名詞）より　再開（さいかい）します。**

會議從二點再次開始。

「2時（にじ）（二點）」是名詞。表示時間或地點起點的「より」，與「～から」用法一樣，但「～より」較文言。

・授業（じゅぎょう）は　8時半（はちじはん）より　始（はじ）めます。

上課從八點半開始。

・ウイルスは　海外（かいがい）より　侵入（しんにゅう）しました。

病毒自海外侵入了。

・寒風（かんぷう）は　北方（ほっぽう）より　入（はい）ります。

寒風自北方進入。

・黄砂（こうさ）は　乾燥地帯（かんそうちたい）より　飛（と）んできます。

黃沙從乾燥地帶飛來。

ほど

話(はなし)が山(やま)ほどあります。

話多如山高（話很多）。

MP3 88

1. 概數：表示大約的數量。相當於中文的「大約～；～左右」。

連接（數量詞）＋ほど

・3分の1（數量詞）ほど　コピーしました。

影印了大約三分之一。

「3分の1（三分之一）」是數量詞，後面接續的助詞「ほど」，意思與「～くらい／ぐらい」差不多（參考P126「くらい／ぐらい」1），相當於中文的「大約～」、「～左右」。

・日本語を　1年ほど　勉強しました。

學了日文大約一年。

・アメリカに　5年ほど　住んでいました。

在美國住了五年左右。

・東京に　10日間ほど　滞在するつもりです。

打算在東京停留十天左右。

・塩を　大さじ2杯ほど　入れてください。

請放鹽二大匙左右。

2. 程度：表示動作或狀態的程度。相當於中文的「～得像～（的程度）」。

連接（對象）＋ほど＋句子

・**ごみが 山（やま）（對象）ほど ありますの（句子）。**

垃圾堆積如山。

「山（やま）（山）」是對象，「あります（有）」是句子。助詞「ほど」接續在名詞後面，用來表示動作或狀態的程度，但並不是什麼對象都可以用，最常見的就在這裡喔。

・話（はなし）が 山（やま）ほど あります。

話多如山高（話很多）。

・死（し）ぬほど 痛（いた）いです。

痛得要命。

・死（し）ぬほど つかれました。

累得要死。

・涙（なみだ）が 出（で）るほど うれしかったです。

高興得要哭了。

MP3 90

3. 比較：以「ほど～ない」的形式呈現，表示比較的基準。相當於中文的「沒有像～那麼～」。

連接 （名詞）＋ほど＋（否定句）

- **今年は　去年**（名詞）**ほど　暑くないです**（否定句）。
  今年沒有像去年那麼熱。

「去年（去年）」是名詞，後面接續「ほど」這個助詞，就表示比較的基準是「去年（去年）」。「暑くないです（不熱）」是否定句，所以就是「沒有像去年那麼熱」。這句話，你也可以用前面學過的「より」來說，那就是「今年は去年より涼しいです（今年比去年涼爽）」（參考P145「より」1）。

- わたしは　彼ほど　賢くないです。
  我沒有像他那麼聰明。

- 彼女は　モデルほど　細くないです。
  她沒有像模特兒那麼瘦。

- 英語は　日本語ほど　上手では　ありません。
  英文沒有像日文那麼厲害。

- バスは　電車ほど　便利では　ありません。
  公車沒有像電車那麼方便。

MP3 91

4. 程度：以「～ば～ほど」的形式呈現，表示程度的比例。相當於中文的「越～就越～」。

連接（動詞假定形）＋ば＋（動詞辭書形）＋ほど

・**食べれ**（動詞假定形）ば　**食べる**（動詞辭書形）ほど　**太ります。**

越吃就越胖。

「食べれ」是假定形，加上助詞「ば」形成「食べれば（越吃）」，「食べる（吃）」是動詞辭書形。

・磨けば　磨くほど　光ります。

越磨就越亮。

・話せば　話すほど　上手に　なります。

越說就變得越厲害。

・考えれば　考えるほど　分からなくなります。

越思考就變得越不懂。

・拭けば　拭くほど　きれいに　なります。

越擦就變得越乾淨。

一、請以下列提示的助詞完成句子。（可以重複使用）

の、でも、より、ほど

01. その問題（もんだい）は　学者（がくしゃ）（　　　　　）　解（と）けません。

02. 柿（かき）は　栗（くり）（　　　　　）　おいしいです。

03. ベンツは　ドイツ（　　　　　）車（くるま）です。

04. 授業（じゅぎょう）は　8時半（はちじはん）（　　　　　）　始（はじ）めます。

05. 死（し）ぬ（　　　　　）　つかれました。

06. いつ（　　　　　）　遊（あそ）びに　来（き）てください。

07. 黒（くろ）い（　　　　　）を　ください。

08. イギリスに　3か月（さんげつ）（　　　　　）　滞在（たいざい）するつもりです。

09. どうして　笑（わら）う（　　　　　）。

10. 彼女（かのじょ）は　性格（せいかく）（　　　　　）いい女（おんな）の子（こ）です。

解答：1.でも 2.より 3.の 4.より 5.ほど 6.でも 7.の 8.ほど 9.の 10.の

二、對的句子請畫○，錯的句子請畫 ×。

01.（　　　）その靴は　姉よりです。

02.（　　　）お酒を　飲むのを　やめました。

03.（　　　）古いのは　捨てましょう。

04.（　　　）いつでも　いいです。

05.（　　　）大人の　難しいです。

06.（　　　）ドイツ語を　1年ほど　勉強しました。

07.（　　　）母ほど　作った料理は　おいしいです。

08.（　　　）中国語は　日本語でも　かんたんです。

09.（　　　）勉強すれば　するほど　上手に　なります。

10.（　　　）料理するは　苦手です。

解答：1. × 2. ○ 3. ○ 4. ○ 5. × 6. ○ 7. × 8. × 9. ○ 10. ×

解說：

01.【正確】→ その靴は　姉のです。

05.【正確】→ 大人でも　難しいです。

07.【正確】→ 母の作った料理は　おいしいです。

08.【正確】→ 中国語は　日本語より　かんたんです。

10.【正確】→ 料理するのは　苦手です。

さすがです。
(不愧是你。)

Day 7
懂這些助詞，日文會變得更厲害！

今天我們要學「ので、のに、し、ね、よ、よね」這幾個助詞。

我想大家對「ね」這個字應該都不陌生吧？印象中日本女孩子都愛用，例如常常會聽到「可愛いね（好可愛耶）」、「おいしいね（好好吃噢）」等等，光是聽就覺得可愛。那男生不能用嗎？可不可以替換「よ」？就讓這個單元來告訴你！相信弄懂了這些語感以及用法之後，你也能成為助詞達人喔！

熱（ねつ）があるので、休（やす）みます。

因為發燒，所以請假。

1. 原因理由：指確實性高的因果關係，和「から」比較起來，「ので」較客觀。相當於中文的「因為～」。

連接（原因句）＋ので、＋（結果句）

・**熱**(ねつ)**が　ある**（原因句）**ので、休**(やす)**みます**（結果句）。

因為發燒，所以請假。

「熱(ねつ)がある（有發燒）」是原因的句子，「休(やす)みます（請假；休息）」是結果的句子。助詞「ので」相當於中文的「因為～所以～」，將前後二個句子連接起來。類似表現有「から」（參考 P064「から」6）。

・全員(ぜんいん)　そろったので、始(はじ)めます。

因為全體到齊了，所以開始。

・危険(きけん)なので、入(はい)らないでください。

因為危險，所以請不要進來。

・聞(き)こえないので、マイクを　使(つか)ってください。

因為聽不到，所以請使用麥克風。

・電車(でんしゃ)が　来(く)るので、注意(ちゅうい)してください。

因為電車要來，所以請注意。

台風(たいふう)なのに、出(で)かけます。

雖然是颱風天，卻出門。

1. 逆態接續：表示逆態確認條件。相當於中文的「雖然～卻～」。

連接（句子）＋のに、＋（句子）

・**若い**（句子）**のに、元気が　ありません**（句子）。
雖然年輕，卻沒有精神。

「若い（年輕的）」是句子，「元気がありません（沒有精神）」也是句子，用助詞「のに」將前後二個句子連接起來，表示「雖然～卻～」。

・台風なのに、出かけました。
雖然是颱風天，卻出門了。

・男なのに、泣き虫です。
堂堂男子漢，卻是愛哭鬼。

・彼女は　金もちなのに、けちです。
雖然她是有錢人，卻很小氣。

・雨が　降っているのに、傘を　さしません。
雖然正下著雨，卻沒撐傘。

MP3 94

2. 不滿：表示可惜、遺憾、惋惜的心情。相當於中文的「可惜～；遺憾～；要是～」。

連接（句子）＋のに

・**あれほど　止（と）めた**（句子）**のに……。**

（可惜）都那麼勸阻了……。

「あれほど止（と）めた（那麼勸阻）」是句子，後面接續了助詞「のに」之後，就沒有任何句子，這樣的助詞就屬於「終助詞」。

・言（い）ってくれれば　よかったのに……。

（可惜）要是跟我説的話就好了……。

・もっと　安（やす）ければ　いいのに……。

（可惜）要是再便宜的話就好了……。

・お金（かね）が　あったら　よかったのに……。

（可惜）要是有錢的話就好了……。

・あきらめなければ　よかったのに……。

（可惜）要是沒有放棄的話就好了……。

タイ料理(りょうり)はおいしいし、安(やす)いです。

泰國料理好吃又便宜。

MP3 95

1. 並列：表示並列、附加。相當於中文的「～又～」。

連接（普通形）+し、+（句子）

・李さんは　ハンサムだ（普通形）し、性格も　いいです（句子）。
李先生很英俊，個性又好。

「ハンサムだ（英俊（的））」是普通形，「性格もいいです（個性也好）」也是句子。二個句子用助詞「し」連接起來，表示附加或並列，相當於中文的「又～」、「既～」。注意！附加或並列的內容必須同樣類別。

・今日は　雨だし、寒いし、出かけたくないです。
今天是雨天，又冷，不想出門。

・姉は　きれいだし、やさしいので　もてます。
姊姊很漂亮又很溫柔，所以受歡迎。

・冬は　寒いし、乾燥するので　苦手です。
冬天很冷又乾燥，所以不喜歡。

・祖父は　よく　食べるし、よく　寝るし、元気です。
祖父既能吃又能睡，很健康。

ひさ
久しぶりですね。

好久不見啊！

MP3 96

1. 感嘆：表示輕微的感嘆。相當於中文的「～耶；～啊」。

連接 （句子）＋ね

・富士山（ふじさん）は　高（たか）いです（句子）ね。

富士山很高耶！

「富士山（ふじさん）は高（たか）いです（富士山很高）」是句子，後面直接接助詞「ね」，可以表示感嘆或讚嘆，是口語裡常見的用法之一。

・ちょっと　疲（つか）れましたね。

有一點累耶！

・京都（きょうと）は　いいですね。

京都很棒耶！

・ほんとうに　おいしいですね。

真的好好吃耶！

・日本（にほん）の桜（さくら）は　世界一（せかいいち）ですね。

日本的櫻花是世界第一啊！

2. 尋求：用於尋求對方的同意或確認。相當於中文的「～吧」。

連接（句子）＋ね

- **今日は　いい天気です**（句子）**ね。**

  今天天氣很好吧！

「今日はいい天気です（今天是好天氣）」是句子，後面直接接助詞「ね」，可以表示尋求對方的同意或確認等語感。類似中文的「～吧！」或「～對不對？」的感覺。

- ここのピザは　本場の味ですね。

  這裡的披薩有當地的味道吧！

- 会議は　10 時からですね。

  會議從十點開始吧！

- 今日は　金よう日ですね。

  今天是星期五吧！

- おもしろい映画でしたね。

  很有趣的電影吧！

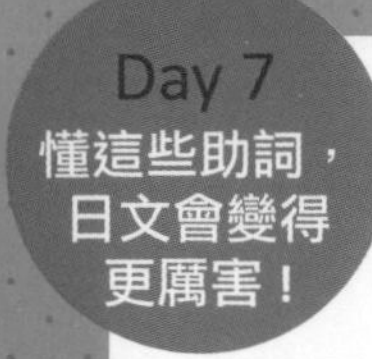

MP3 98

3. 請求、勸誘：用於請求或勸誘。相當於中文的「～喔」。

連接（句子）＋ね

・また　会いましょう（句子）ね。

再見面喔！

「また会いましょう（再見面喔！）」是句子，後面直接接助詞「ね」，可以表示請求或勸誘，相當於中文的「～喔」。日本女生愛用「ね」這個助詞，因為有溫柔女人味的感覺喔。

・家に　ついたら、電話してね。

到家的話，打電話給我喔！

・がんばって勉強しなさいね。

努力唸書喔！

・ご両親に　よろしくね。

替我向你父母問好喔！

・今度　いっしょに　旅行しましょうね。

下次一起去旅行喔！

よ

このドラマは感動（かんどう）しますよ。

這部連續劇會感動喔！

MP3 99

1. 告知：用來告知對方不知道的事。相當於中文的「～喔」。

連接（句子）＋よ

・**財布（さいふ）が　落（お）ちました**（句子）よ。

錢包掉了喔！

「財布（さいふ）が落（お）ちました（錢包掉了）」是句子，後面直接接助詞「よ」，藉以告知對方不知道的事情。「よ」雖然相當於中文的「～喔」，但與前面出現的「ね」意思不大一樣，請小心區隔。

・インドは　すごく　暑（あつ）いですよ。

印度非常熱喔！

・この店（みせ）は　魚（さかな）が　おいしいですよ。

這家店的魚很好吃喔！

・うちの父（ちち）は　大工（だいく）なんですよ。

我父親是木匠喔！

・オクラは　体（からだ）に　いいですよ。

秋葵對身體很好喔！

2. 建議：表示強烈的建議。相當於中文的「～啊」。

連接 （句子）＋よ

- **むりしないで**（句子）**よ。**
  不要太拚啊！

「むりしないで（不要太勉強；不要太拚）」是句子，後面直接接助詞「よ」，用來表示強烈的建議。因為語感重一些，所以基本上用在平輩或晚輩身上。

- お酒（さけ）を　飲（の）みすぎないでよ。
  不要喝太多酒啊！

- しっかり　勉強（べんきょう）しなさいよ。
  要好好唸書啊！

- たまには　実家（じっか）に　帰（かえ）れよ。
  偶爾要回老家啊！

- 病院（びょういん）に　行（い）ったほうが　いいですよ。
  去醫院較好啊！

よね

今日（きょう）はテストですよね。

今天考試對吧？

1. 確認：表示說話者對自己的記憶沒有把握而加以確認。相當於中文的「～對吧」。

連接（句子）＋よね

- **明日(あした)は　休(やす)みです**（句子）**よね。**
  明天休假對吧？

「明日(あした)は休(やす)みです（明天休假；明天休息；明天請假）」是句子，後面接助詞「よ」之後，還接了助詞「ね」，用來表示說話者的確認。經常用於自己不確定時。

- 林(りん)さんの　お姉(ねえ)さんですよね。
  林先生的姊姊對吧？

- この店(みせ)は　有名(ゆうめい)ですよね。
  這家店很有名對吧？

- 授業(じゅぎょう)は　3時(さんじ)からですよね。
  上課從三點開始對吧？

- 来週(らいしゅう)、香港(ホンコン)に　出張(しゅっちょう)ですよね。
  下週去香港出差對吧？

一、請將下列句子重組。

01. 注意(ちゅうい)して / 来る / が / ので、 / 車(くるま) / ください

→ ____。

02. が / あった / のに…… / お金(かね) / ら / よかった

→ ____。

03. の / ね / バナナ / です / 台湾(たいわん) / 世界一(せかいいち)

→ ____。

04. は / 男(おとこ) / 彼(かれ) / です / 泣(な)き虫(むし) / なのに、

→ ____。

05. よく / です / は / 動(うご)くし、 / よく / 元気(げんき) / 寝(ね)るし、 / 子猫(こねこ)

→ ____。

06. 来(き)た / ので、 / 始(はじ)めます / みんな

→ ____。

07. に / ください / 電話(でんわ)して / ついたら、 / ね / 家(いえ)

→ ____。

08. は / ね / です / に / 来週(らいしゅう)、 / よ / 出張(しゅっちょう) / 日本(にほん) / 部長(ぶちょう)

→ ____。

09. ね / つまらない / でした / 演説(えんぜつ) / とても

→ ____。

10. 冬(ふゆ) / です / すごく / よ / は / 韓国(かんこく)の / 寒(さむ)い

→ ____。

解答：

01. 車(くるま)が　来(く)るので、注意(ちゅうい)してください。

02. お金(かね)が　あったら　よかったのに……。

03. 台湾(たいわん)のバナナは　世界一(せかいいち)ですね。

04. 彼(かれ)は　男(おとこ)なのに、泣(な)き虫(むし)です。

05. 子猫(こねこ)は　よく　動(うご)くし、よく　寝(ね)るし、元気(げんき)です。

06. みんな　来(き)たので、始(はじ)めます。

07. 家(いえ)に　ついたら、電話(でんわ)してくださいね。

08. 部長(ぶちょう)は　来週(らいしゅう)、日本(にほん)に　出張(しゅっちょう)ですよね。

09. とても　つまらない演説(えんぜつ)でしたね。

10. 韓国(かんこく)の冬(ふゆ)は　すごく　寒(さむ)いですよ。

練習題

二、請以下列提示的助詞完成句子。（可以重複使用）

ので、のに、し、ね、よ、よね

01. 分からない（　　　　　）、ゆっくり　話してください。

02. 今日は　雨だ（　　　　　）、寒い（　　　　　）、家に　いたいです。

03. 危ない（　　　　　）、入らないでください。

04. 弟は　台風な（　　　　　）、出かけました。

05. 恋人が　いたら　よかった（　　　　　）……。

06. 鈴木さんは　やさしい（　　　　　）、頭も　いいです。

07. 社長は　金もちな（　　　　　）、けちです。

08. ご両親に　よろしく（　　　　　）。

09. 風邪を　ひいた（　　　　　）、学校を　休みます。

10. 日本の冬は　寒い（　　　　　）、乾燥するので　苦手です。

解答：1.ので 2.し、し 3.ので 4.のに 5.のに 6.し 7.のに 8.ね 9.ので 10.し

附錄
你也可以變成日文助詞達人！

學完本書的 30 個助詞之後，特別在附錄中詳細說明傳統日文語言學中助詞的「四分類（六分類）」，讓讀者對助詞有全盤性的了解，學習更上一層樓！

（一）助詞分類

在傳統日文語言學中，將「助詞」的種類分成好幾種，雖然本書採用的是常用到的助詞，但若能了解每一種助詞的功能，多多少少會有幫助，因此這裡提供「四分類（六分類）」的基本概念。

「助詞」四分類法（六分類法）：

種類	所連接的品詞	特性	常見的助詞
A. 格助詞	接在「體言」（名詞）之下。	格助詞之間不互相接續，但「の」是例外。	を、で、に、へ、と、や、が、の、から、より、から、で
B. 副助詞（含「係助詞」）	接在各種品詞之下。	副助詞可互相接續。如果二種助詞連接時，「副助詞」在前、「係助詞」在後，而「係助詞」會對後面的述語產生影響，一般不加以細分。	は、も、だけ、しか、まで、さえ、こそ、ばかり、くらい、ほど、でも、など、か、とか、でも
C. 接續助詞	接在「用言」（イ形容詞、ナ形容詞、動詞）以及「助動詞」之下。	接續助詞不連接。	ので、のに、し、ながら、て、ても、ては、たり、から、けれども、ば、と

種類	所連接的品詞	特性	常見的助詞
D. 終助詞（含「間投助詞」）	放在句尾，用於表達說話者的主觀感情。但在句中的終助詞可稱為「間投助詞」。	終助詞可連接。如果與其他品詞連接時，「終助詞」在後面。	ね、よ、か、な、わ、な、さ、も の、もんか、の に、って、かしら

（二）詳細說明

A. 格助詞

1. 常見的格助詞有：を、で、に、へ、と、や、が、の、から、より、から、で等。

2. 接在「體言」（名詞）的後面。表示前後語節的關係。

3. 與「副助詞」連接時，「格助詞」在前、「副助詞」在後。

   例：わたしにも　コーヒーを　ください。

   也請給我咖啡。

   【→「に」是格助詞，「も」是副助詞。】

4. 格助詞除了「の」可以被連接，其他的格助詞不會連接。

   例：これは　先生（せんせい）からの　手紙（てがみ）です。

   這是從老師那裡來的信。

   【→「から」與「の」都是格助詞。】

5. 例句：「格助詞」皆接在名詞後。

例：ビールを　飲みます。
喝啤酒。
【→ 格助詞「を」接在名詞後。】

例：午前9時から　働きます。
早上九點開始工作。
【→ 格助詞「から」接在名詞後。】

B. 副助詞（含「係助詞」）

1. 常見的副助詞有：は、も、だけ、しか、まで、さえ、こそ、ばかり、くらい、ほど、でも、など、か、とか、でも等。
屬於「係助詞」的有：は、も、しか、さえ、こそ、でも等。
屬於「副助詞」的有：だけ、まで、ばかり、くらい、ほど等。
2. 接在各種品詞的後面。表示添加或限定下文的意義。
3. 副助詞還可以分為「係助詞」及「副助詞」。如果二種助詞連接時，「副助詞」在前、「係助詞」在後，而「係助詞」對後面的述語會產生影響，一般不加以細分。
4. 例句：「副助詞」接在各種品詞的後面。

例：1000円だけでも　いいです。
只有一千日圓也可以。
【→副助詞「だけ」接在名詞後。】

例：肉ばかり　食べないでください。

請不要光吃肉！

【→副助詞「ばかり」接在名詞後。】

例：娘は　遊んでばかりで、勉強しません。

女兒光是玩，不唸書。

【→副助詞「ばかり」接在動詞後。】

C. 接續助詞

1. 常見的接續助詞有：ので、のに、し、ながら、て、ても、ては、たり、から、けれども、ば、と等。

2. 接在「用言」（イ形容詞、ナ形容詞、動詞）以及「助動詞」的後面。表前句與後句的關係（逆接用「が」；順接用「ので」；單純的接續用「ながら」）。

3. 接續助詞不連接。

4. 例句：「接續助詞」接在「用言」（イ形容詞、ナ形容詞、動詞）的後面。

例：危険なので、入らないでください。

因為危險，所以請不要進來。

【→接續助詞「ので」接在動詞後。】

例：電車が　来るので、注意してください。

因為電車會來，所以請注意。

【→接續助詞「ので」接在動詞後。】

D. 終助詞（含「間投助詞」）

1. 常見的終助詞有：ね、よ、か、な、わ、な、さ、もの、もんか、のに、って、かしら等。

2. 放在句尾，用於表達說話者的主觀感情（疑問「か」、感嘆「ね」、斥責「よ」等）。但在說話時放在句中的則稱為「間投助詞」，一般不加以細分。

   例：わたしはね、今回(こんかい)は　行(い)くけどね、次(つぎ)はもう　行(い)かないよ。

   我啊，這一次會去啊，但下次再也不去喔。

3. 若與其他品詞連接時，「終助詞」在後。

4. 終助詞可以被連接。

   例：この店(みせ)は　有名(ゆうめい)ですよね。

   這家店很有名對吧？

5. 例句：「終助詞」放在句尾。

   例：会議(かいぎ)は　10時(じゅうじ)からですね。

   會議從十點開始對吧！

   例：インドは　すごく　暑(あつ)いですよ。

   印度超熱喔！

すごいですね。
（好厲害喔。）

MEMO

國家圖書館出版品預行編目資料

信不信由你 一週學好日語助詞！/こんどうともこ著
-- 初版 -- 臺北市：瑞蘭國際, 2018.03
192 面；17 x 23 公分 --（元氣日語系列；38）
ISBN：978-986-95750-7-2（平裝附光碟片）
1. 日語 2. 助詞
803.167 107000490

元氣日語系列 38

信不信由你
一週學好日語助詞！

作者｜こんどうともこ
審訂｜元氣日語編輯小組
責任編輯｜葉仲芸、王愿琦
校對｜こんどうともこ、葉仲芸、王愿琦

日語錄音｜こんどうともこ
錄音室｜采漾錄音製作有限公司
封面、版型設計｜劉麗雪
內文排版｜林士偉
美術插畫｜Ruei Yang

董事長｜張暖彗
社長兼總編輯｜王愿琦
主編｜葉仲芸
編輯｜潘治婷・編輯｜林家如・編輯｜林珊玉
設計部主任｜余佳憓
業務部副理｜楊米琪・業務部組長｜林湲洵・業務部專員｜張毓庭

法律顧問｜海灣國際法律事務所　呂錦峯律師

出版社｜瑞蘭國際有限公司・地址｜台北市大安區安和路一段 104 號 7 樓之一
電話｜(02)2700-4625・傳真｜(02)2700-4622・訂購專線｜(02)2700-4625
劃撥帳號｜19914152 瑞蘭國際有限公司・瑞蘭國際網路書城｜www.genki-japan.com.tw

總經銷｜聯合發行股份有限公司・電話｜(02)2917-8022、2917-8042
傳真｜(02)2915-6275、2915-7212・印刷｜科億印刷股份有限公司
出版日期｜2018 年 03 月初版 1 刷・定價｜320 元・ISBN｜978-986-95750-7-2

本書採用環保大豆油墨印製

瑞蘭國際

瑞蘭國際

瑞蘭國際

瑞蘭國際